I0831480

Conrad Ferdinand Meyer

Gustav Adolfs Page

Salzwasser

Conrad Ferdinand Meyer

Gustav Adolfs Page

1. Auflage | ISBN: 978-3-84607-891-4

Erscheinungsort: Paderborn, Deutschland

Erscheinungsjahr: 2015

Salzwasser Verlag GmbH, Paderborn.

Nachdruck des Originals.

Conrad Ferdinand Meyer

Gustav Adolfs Page

Salzwasser

Conrad Ferdinand Meyer

Gustav Adolfs Page

Novelle

Gustav Adolfs Page

Novelle

von

Conrad Ferdinand Meyer

I.

In dem Kontor eines unweit Sankt Sebald gelegenen nürembergischen Patrizierhauses saßen sich Vater und Sohn an einem geräumigen Schreibtische gegenüber, der Abwickelung eines bedeutenden Geschäftes mit gespanntester Aufmerksamkeit obliegend. Beide, jeder für sich auf seinem Stücke Papier, summierten sie dieselbe lange Reihe von Posten, um dann zu wünschbarer Sicherheit die beiden Ergebnisse zu vergleichen. Der schmächtige Jüngling, der dem Vater aus den Augen geschnitten war, erhob die spitze Nase zuerst von seinen zierlich geschriebenen Zahlen. Seine Addition war beendigt, und er wartete auf den bedächtigeren Vater, nicht ohne einen Anflug von Selbstgefälligkeit in dem schmalen, sorgenhaften Gesichte – als ein Diener eintrat und ein Schreiben in großem Format mit einem schweren Siegel überreichte. Ein Kornett von den schwedischen Karabinieren habe es gebracht. Er beschaue sich jetzt nebenan den Ratssaal mit den weltberühmten Schildereien und werde pünktlich in einer Stunde sich wieder einfinden. Der Handelsherr erkannte auf den ersten Blick die kühnen Schriftzüge der Majestät des schwedischen Königs Gustav Adolf und erschrak ein wenig über die große Ehre des eigenhändigen Schreibens. Die Befürchtung lag nahe, der König, den er in seinem neuerbauten Hause, dem schönsten von Nüremberg, bewirtet und gefeiert hatte, möchte bei seinem patriotischen Gastfreunde ein Anleihen machen. Da er aber unermeßlich begütert war und die Gewissenhaftigkeit der schwedischen Rentkammer zu schätzen wußte, erbrach er das königliche Siegel ohne sonderliche Besorgnis und sogar mit dem Anfange eines prahlerischen Lächelns. Kaum aber hatte er die wenigen Zeilen des in königlicher Kürze verfaßten Schreibens überflogen, wurde er bleich wie über ihm die Stukkatur der Decke, welche in hervorquellenden Massen und aufdringlicher Gruppe die Opferung Isaaks durch den eigenen Vater Abraham darstellte. Und sein guter Sohn, der ihn beobachtete, erbleichte ebenfalls, aus der plötzlichen Entfärbung des vertrockneten Gesichtes auf ein großes Unheil ratend. Seine Bestürzung wuchs, als ihn der Alte über das Blatt weg mit einem wehmütigen Ausdrucke väterlicher Zärtlichkeit betrachtete. „Um Gottes willen," stotterte der Jüngling, „was ist es, Vater?" Der alte Leubelfing, denn diesem vornehmen Handelsgeschlechte gehörten die beiden an, bot ihm das Blatt mit zitternder Hand. Der Jüngling las:

Lieber Herr!

Wissend und Uns wohl erinnernd, daß der Sohn des Herrn den Wunsch nährt, als Page bei Uns einzutreten, melden hiermit, daß dieses heute geschehen und völlig werden mag, dieweil Unser voriger Page, der Max Beheim seliger † (mit nachträglicher Ehrenmeldung des vorvorigen, Utzen Volkamers seligen †, und des fürdervorigen, Götzen Tuchers seligen †), heute bei währendem Sturme nach beiden ihme von einer Stückkugel abgerissenen Beinen in Unsern Armen sänftiglich entschlafen ist. Es wird Uns zu besonderer

Genugtuung gereichen, wieder Einen aus der evangelischen Reichsstadt Nüremberg, welcher Stadt Wir fürnehmlich gewogen sind, in Unsern nahen Dienst zu nehmen. Eines guten Unterhaltes und täglicher christlicher Vermahnung seines Sohnes kann der Herr gewiß sein.

Des Herrn wohl affektionierter
Gustavus Adolphus Rex.

„O du meine Güte," jammerte der Sohn, ohne sein zages Herz vor dem Vater zu verbergen, „jetzt trage ich meinen Totenschein in der Tasche, und Ihr, Vater – mit dem schuldigen Respekt gesprochen –, seid der Ursacher meines frühen Hinschieds, denn wer als Ihr könnte dem Könige eine so irrtümliche Meinung von meinem Wünschen und Begehren beigebracht haben? Daß Gott erbarm'!" und er richtete seinen Blick aufwärts zu dem gerade über ihm schwebenden Messer des gipsenen Erzvaters.

„Kind, du brichst mir das Herz!" versetzte der Alte mit einer kargen Träne. „Vermaledeit sei das Glas Tokaier, das ich zuviel getrunken –"

„Vater," unterbrach ihn der Sohn, der mitten im Elend den Kopf, wo nicht oben, doch klar behielt, „Vater, berichtet mir, wie sich das Unglück ereignet hat."

„August," beichtete der Alte mit Zerknirschung, „du weißt die große Gasterei, die ich dem Könige bei seinem ersten Einzuge gab. Sie kam mir teuer zu stehen –"

„Dreihundertneunundneunzig Gulden elf Kreuzer, Vater, und ich habe nichts davon gekostet," bemerkte der Junge weinerlich, „denn ich hütete die Kammer mit einer nassen Bausche über dem Auge." Er wies auf sein rechtes. „Die Gustel, der Wildfang, halb unsinnig und närrisch vor Freude, den König zu sehen, hatte mir den Federball ins Auge geschmissen, da gerade ein Trompetenstoß schmetterte und sie glauben ließ, der Schwede halte Einzug. Aber redet, Vater –"

„Nach abgetragenem Essen bei den Früchten und Kelchen erging ein Sturm von Jubel oben durch den Saal und unten über den Platz durch das Kopf an Kopf versammelte Volk. Alle wollten sie den König sehen. Humpen dröhnten, Gesundheiten wurden bei offenen Fenstern ausgebracht und oben und unten bejauchzt. Dazwischen schreit eine klare, durchdringende Stimme: ‚Hoch Gustav, König von Deutschland!' Jetzt wurde es mäuschenstill, denn das war ein starkes Ding. Der König spitzte die Ohren und strich sich den Zwickel. ‚Solches darf ich nicht hören,' sagte er. ‚Ich bringe ein Hoch der evangelischen Reichsstadt Nüremberg!' Nun bricht erst der ganze Jubel aus. Stücke werden auf dem Platze gelöst, alles geht drüber und drunter! Nach einer Weile drückt mich die Majestät von ungefähr in eine Ecke. ‚Wer hat den König von Deutschland hoch leben lassen, Leubelfing?' fragte er mich unter der Stimme. Nun sticht mich alten betrunkenen Esel die Prahlsucht," – Leubelfing schlug sich vor die Stirn, als klage er sie an, ihn nicht besser beraten zu haben – „und ich antworte: ‚Majestät, das tat mein Sohn, der August. Dieser spannt Tag und Nacht darauf, als Page in Euren Dienst zu treten.' Trotz meines Rausches wußte ich, daß der königliche Leibdienst von Götz Tucher versehen wurde und der Bürgermeister Volkamer nebst dem Schöppen Beheim ihre Buben als Pagen empfohlen hatten. Ich sagte es auch nur, um hinter meinen Nachbarn, dem alten Tucher und dem Großmaul, dem Beheim, nicht zurückzubleiben. Wer konnte denken, daß der König die ganze Nüremberger Ware in Bayern verbrauchen würde –"

„Aber, hätte der König mich mit meinem blauen Auge holen lassen?"

„Auch das war vorbedacht, August! Der verschmitzte Spitzbube, der Charnacé, lärmte im Vorzimmer. Schon dreimal hatte er sich melden lassen und war nicht mehr abzutreiben. Der König ließ ihn dann eintreten und hudelte den Ambassadeur vor uns Patriziern, daß einem deutschen Mann das Herz im Leibe lachen mußte. Nichts von alledem hatte ich in der Geschwindigkeit unerwogen gelassen –"

„So viel und so wenig Weisheit, Vater!" seufzte der Sohn.

Dann steckten die beiden die Köpfe zusammen, um eine Remedur zu suchen, wie sie es nannten, jetzt unter der Stimme flüsternd, welche sie vorher in ihrer Aufregung, uneingedenk der im Nebenzimmer hantierenden Angestellten und Lehrlinge zu dämpfen vergessen hatten. Aber sie fanden keinen Rat, und ihre Gebärden wurden immer ängstlicher und peinlicher, als im Gange draußen ein markiger Alt das Leiblied Gustav Adolfs anstimmte:

„Verzage nicht, du Häuflein klein,
Ob auch die Feinde Willens sein,
Dich gänzlich zu zerstören!"

und ein tannenschlankes Mädchen mit lustigen Augen, kurzgeschnittenen Haaren, knabenhaften Formen und ziemlich reitermäßigen Manieren eintrat.

„Willst du uns die Ohren zersprengen, Base?"

zankten die beiden Leubelfinge. Sie, das trübselige Paar musternd, erwiderte: „Ich komme, euch zum Essen zu rufen. Was hat's gegeben, Herr Ohm und Herr Vetter? Ihr habt ja beide ganz bleiche Nasenspitzen!" Der zwischen den Hilflosen liegende Brief, den das Mädchen ohne weiteres ergriff, und als sie die kräftig hingeworfene Unterschrift des Königs gelesen, mit leidenschaftlichen Augen verschlang, erklärte ihr den Schrecken. „Zu Tische, Herren!" sagte sie und schritt den beiden voran in das Speisezimmer. Hier aber ging es dem gutherzigen Mädchen selber nahe, wie den Leubelfingen jeder Bissen im Munde quoll. Sie ließ abtragen, setzte ihren Stuhl zurück, kreuzte die Arme, schlug unter ihrem blauen Rocke, an dessen Gurt die Tasche und das Schlüsselbund hing, ein schlankes Bein über das andere und ließ, horchend und nachdenkend, den ganzen verfänglichen Handel sich vortragen; denn sie schien vollständig zum Hause zu gehören und sich darin mit ihrem kecken Wesen eine entscheidende Stellung erobert zu haben.

Die Leubelfinge erzählten. „Wenn ich denke," sagte dann das Mädchen mutig, „wer es war, der das Hoch auf den König ausbrachte!"

„Wer denn?" fragten die Leubelfinge, und sie antwortete: „Niemand anders als ich."

„Hol' dich der Henker, Mädchen!" grollte der Alte. „Gewiß hast du den blauen schwedischen Soldatenrock, den du dir im Schrank hinter deinen Schürzen aufhebst, angezogen und dich in den Speisesaal an deinen Götzen herangeschlichen, statt dich züchtig unter den Weibern zu halten."

„Sie hätten mir den hintersten Platz gegeben," versetzte das Mädchen zornig, „die kleine Hallerin, die große Holzschuherin, die hochmütige Ebnerin, die schiefe Geuderin, die alberne Creßerin, tutte quante, die dem Könige das Geschenk unserer Stadt, die beiden silbernen Trinkschalen, die Himmelskugel und die Erdkugel, überreichen durften."

„Wie kann ein schamhaftes Mädchen, und das bist du, Gustel, es nur über sich bringen, Männertracht zu tragen!" zankte der zimperliche Jüngling.

„Das heißt," erwiderte das Mädchen ernst, „die Tracht meines Vaters, wo noch neben der Brusttasche das gestopfte Loch sichtbar ist, das der Degen des Franzosen gerissen hat. Ich brauche nur einen schrägen Blick zu tun," – sie tat ihn, als trüge sie die väterliche Tracht – „so sehe ich den Riß und es wirkt wie eine Predigt. Dann", schloß sie, aus dem Ernst nach ihrer Art in ein Lachen überspringend, „wollen mir die Weiberröcke auch gar nicht sitzen. Kein Wunder, daß sie mich schlecht kleiden, bin ich doch bis in mein vierzehntes Jahr mit dem Vater und der Mutter in kurzem Habit zu Rosse gesessen."

„Liebe Base," jammerte der junge Leubelfing nicht ohne eine Mischung von Zärtlichkeit, „seit dem Tode deines Vaters bist du hier wie das Kind des Hauses gehalten, und nun hast du mir das eingebrockt! Du lieferst deinen leibhaftigen Vetter wie ein Lamm auf die Schlachtbank! Der Utz wurde durch die Stirn geschossen, der Götz durch den Hals!" Ihn überlief eine Gänsehaut. „Wenn du mir wenigstens einen guten Rat wüßtest, Base!"

„Einen guten Rat," sagte sie nachdrücklich, „den will ich dir geben: halte dich wie ein Nüremberger, wie ein Leubelfing!"

„Ein Leubelfing!" giftelte der alte Herr. „Muß

denn jeder Nüremberger und jeder Leubelfing ein Raufbold sein, wie der Rupert, dein Vater, Gott hab' ihn selig, der mich, den Ältern, er ein Zehnjähriger, auf einem Leiterwagen entführte, umwarf, heil blieb und mir zwei Rippen brach? Welche Laufbahn! Mit Fünfzehn zu den Schweden durchgegangen, mit Siebzehn eine Fünfzehnjährige vor der Trommel geheiratet, mit Dreißig in einem Raufhandel das Zeitliche gesegnet!"

„Das heißt," sagte das Mädchen, „er fiel für die Ehre meiner Mutter –"

„Weißt du mir keinen Rat, Guste?" drängte der junge Leubelfing. „Du kennst den schwedischen Dienst und die natürlichen Fehler, die davon frei machen. Auf was kann ich mich bei dem Könige gültig ausreden?"

Sie brach in ein tolles Gelächter aus. „Wir wollen dich", sagte sie, „wie den jungen Achill im Bildwerk am Ofen dort unter die Mädchen stecken, und wenn der listige Ulysses vor ihnen das Kriegszeug ausbreitet, wirst du nicht auf ein Schwert losspringen."

„Ich gehe nicht!" erklärte der durch diese mythologische Gelehrsamkeit Geärgerte. „Ich bin nicht die Person, welche der Vater dem Könige geschildert hat." Da fühlte er sich an seinen beiden dünnen Armen gepackt. Ihm den linken klaubend, jammerte der alte Leubelfing: „Willst du mich ehrwürdigen Mann dem Könige als einen windigen Lügner hinstellen?" Das Mädchen aber, den rechten Arm des Vetters drückend, rief entrüstet: „Willst du mit deiner Feigheit den braven Namen meines Vaters entehren?"

„Weißt du was," schrie der Gereizte, „gehe du als Page zu dem König! Er wird, bubenhaft wie du aussiehst und dich beträgst, das Mädchen in dir ebensowenig vermuten, als der Ulysses am Ofen, von dem du fabelst, in mir den Buben erraten hätte! Mach' dich auf zu deinem Abgott und bet' ihn an! Am Ende," fuhr er fort, „wer weiß, ob du das nicht schon lange in dir trägst? Träumest du doch von dem Schwedenkönig, mit welchem du als Kind in der Welt herumgefahren bist, wachend und schlafend. Als ich vorgestern auf meine Kammer ging, an der deinigen vorüber, hörte ich deine Traumstimme schon von weitem. Ich brauchte wahrlich mein Ohr nicht ans Schlüsselloch zu halten. ‚Der König! Wache heraus! Präsentiert Gewehr!'" Er ahmte das Kommando mit schriller Stimme nach.

Die Jungfrau wandte sich ab. Eine Purpurröte war ihr in Wangen und Stirne geschossen. Dann zeigte sie wieder die warmen, lichtbraunen Augen und sprach: „Nimm dich in acht! Es könnte dahin kommen, wäre es nur, damit der Name Leubelfing nicht von lauter Memmen getragen wird!"

Das Wort war ausgesprochen und ein kindischer Traum hatte Gestalt gewonnen als ein dreistes, aber nicht unmögliches Abenteuer. Das väterliche Blut lockte. Des Mutes und der Verwegenheit war ein Überfluß. Aber die maidliche Scham und Zucht – der Vetter hatte wahrhaftes Zeugnis abgelegt – und die Ehrfurcht vor dem Könige taten Einspruch. Da ergriff sie der Strudel des Geschehens und riß sie mit sich fort.

Der schwedische Kornett, welcher das Schreiben des Königs gebracht hatte und den neuen Pagen ins Lager führen sollte, meldete sich. Statt in die grauen Mauerbilder Meister Albrechts hatte er sich in eine lustige

Weinstube und in einen goldgefüllten grünen Römer vertieft, ohne jedoch den Glockenschlag zu überhören. Der alte Leubelfing, in Todesangst um seinen Sohn und um seine Firma, machte eine Bewegung, die Knie seiner Nichte zu umfangen, nicht anders als, um den Körper seines Sohnes bittend, der greise Priamus die Knie Achills umarmte, während der junge Leubelfing an allen Gliedern zu schlottern begann. Das Mädchen machte sich mit einem krampfhaften Gelächter los und entsprang durch eine Seitentür gerade einen Augenblick ehe sporenklirrend der Kornett eindrang, ein Jüngling, dem der Mutwille und das Lebensfeuer aus den Augen spritzte, obwohl er in der strengen Zucht seines Königs stand.

Auguste Leubelfing wirtschaftete hastvoll, wie berauscht in ihrer Kammer, packte einen Mantelsack, warf sich eilfertig in die Kleider ihres Vaters, die ihrem schlanken und knappen Wuchs wie angegossen saßen, und dann auf die Knie zu einem kurzen Stoßseufzer, um Vergebung und Begünstigung des Abenteuers betend.

Als sie wieder den untern Saal betrat, rief ihr der Kornett entgegen: „Rasch, Herr Kamerad! Es eilt! Die Rosse scharren! Der König erwartet uns! Nehmt Abschied von Vater und Vetter!" und er schüttete mit einem Zug den Inhalt des ihm vorgesetzten Römers hinter seinen feinen Spitzenkragen.

Der in schwedische Uniform gekleidete Scheinjüngling neigte sich über die vertrocknete Hand des Alten, küßte sie zweimal mit Rührung und wurde von ihm dankbar gesegnet; dann aber plötzlich in eine unbändige Lustigkeit übergehend, ergriff der Page die Rechte des jungen Leubelfing, schwang sie hin und her und rief:

„Lebt wohl, Jungfer Base!“ Der Kornett schüttelte sich vor Lachen: „Hol' mich, straf' mich – was der Herr Kamerad für Späße vorbringt! Mit Gunst und Verlaub, mir fiel es gleich ein: das reine alte Weib, der Herr Vetter! in jedem Zug, in jeder Gebärde, wie sie bei uns in Finnland singen:

Ein altes Weib auf einer Ofengabel ritt –

Hol' mich, straf' mich!“ Er entführte mit einem raschen Handgriff dem aufwartenden Stubenmädchen das Häubchen und stülpte es dem jungen Leubelfing auf den von sparsamen Flachshaaren umhangenen Schädel. Die spitzige Nase und das rückwärtsfliehende Kinn vollendeten das Profil eines alten Weibes.

Jetzt legte der leichtbezechte Kornett seinen Arm vertraulich in den des Pagen. Dieser aber trat einen Schritt zurück und sprach, die Hand auf dem Knopfe des Degens: „Herr Kamerad! Ich bin ein Freund der Reserve und ein Feind naher Berührung!“

„Potz!“ sagte dieser, stellte sich aber seitwärts und gab dem Pagen mit einer höflichen Handbewegung den Vortritt. Die zwei Wildfänge rasselten die Treppe hinunter.

Lange noch ratschlagten die Leubelfinge. Daß für den jungen, welcher seine Identität eingebüßt hatte, des Bleibens in Nüremberg nicht länger sei, war einleuchtend. Schließlich wurden Vater und Sohn einig. Dieser sollte einen Zweig des Geschäftes nach Kursachsen, und zwar nach der aufblühenden Stadt Leipzig verpflanzen, nicht unter dem verscherzten patrizischen Namen, sondern unter dem plebejischen „Laubfinger“, nur auf kurze Zeit, bis der jetzige August von Leubelfing neben dem Könige vom Roß auf ein Schlachtfeld und in den Tod gestürzt sei, welches Ende nicht werde auf sich warten lassen.

Als nach einer langen Sitzung der Vertauschte sich erhob und seinem Bild im Spiegel begegnete, trug er über seinen verstörten Zügen noch das Häubchen, welches ihm der schwedische Taugenichts aufgesetzt hatte.

II.

„Höre, Page Leubelfing! Ich habe ein Hühnchen mit dir zu pflücken. Wenn du mit deinen flinken Fingern in den dringendsten Fällen dem Könige meinem Herrn eine aufgehende Naht seines Rockes zunähen oder einen fehlenden Knopf ersetzen würdest, vergäbest du deiner Pagenwürde nicht das geringste. Hast du denn in Nüremberg Mütterchen oder Schwesterchen nie über die Schulter auf das Nähkissen geschaut? Ist es doch eine leichte Kunst, welche dich jeder schwedische Soldat lehren kann. Du rümpfst die Stirne, Unfreundlicher? Sei artig und folgsam! Sieh da mein eigenes Besteck! Ich schenk' es dir."

Und die Brandenburgerin, die Königin von Schweden reichte dem Pagen Leubelfing ein Besteck von englischer Arbeit mit Zwirn, Fingerhut, Nadel und Schere. Dem Könige aus eifersüchtiger Zärtlichkeit überallhin nachreisend, hatte sie ihn mitten in seinem unseligen Lager bei Nüremberg, wo er einen in dasselbe eingeschlossenen, vom Kriege halb verwüsteten Edelsitz bewohnte, mit ihrem kurzen Besuche überrascht. In den widerstrebenden Händen des Pagen öffnete sie das Etui, enthob ihm den silbernen Fingerhut und steckte denselben dem Pagen an mit den holdseligen Worten: „Ich binde dir's aufs Gewissen, Leubelfing, daß mein

Herr und König stets propre und vollständig einhergehe."

„Den Teufel scher' ich mich um Nähte und Knöpfe, Majestät," erwiderte Leubelfing, unmutig errötend, aber mit einer so drolligen Miene und einer so angenehm markigen Stimme, daß die Königin sich keineswegs beleidigt fühlte, sondern mit einem herablassenden Gelächter den Pagen in die Wange kniff. Diesem tönte das Lachen hohl und albern, und der Reizbare empfand einen Widerwillen gegen die erlauchte Fürstin, von welchem diese gutmütige Frau keine Ahnung hatte.

Doch auch der König, welcher auf der Schwelle des Gemaches den Auftritt belauscht hatte, brach jetzt in ein herzliches Gelächter aus, da er seinen Pagen mit dem Raufdegen an der linken Hüfte und einem Fingerhut an der rechten Hand erblickte. „Aber Gust," sagte er dann, „du schwörst ja wie ein Papist oder Heide! Ich werde an dir zu erziehen haben."

In der Tat achtete Gustav Adolf es nicht für einen Raub, die Krone zu tragen. Wie hätte er, welcher – ohne Abbruch der militärischen Strenge – jeden seiner Leute, auch den Geringsten, mit menschlichem Wohlwollen behandelte, dieses einem gutgearteten Jüngling von angenehmer Erscheinung versagt, der unter seinen Augen lebte und nicht von seiner Seite weichen durfte. Und einem unverdorbenen Jüngling, der bei dem geringsten Anlaß nicht anders als ein Mädchen bis unter das Stirnhaar errötete! Auch vergaß er es dem jungen Nüremberger nicht, daß dieser an jenem folgenschweren Bankett ihn als den „König von Deutschland" hatte hochleben lassen, den möglichen ruhmreichen Ausgang seines heroischen Abenteuers in eine kühne prophetische Formel fassend.

Eine zärtliche und wilde, selige und ängstliche Fabel hatte der Page schon neben seinem Helden gelebt, ohne daß der arglose König eine Ahnung dieses verstohlenen Glückes gehabt hätte. Berauschende Stunden, gerade nach vollendeten achtzehn unmündigen Jahren beginnend und diese auslöschend wie die Sonne einen Schatten! Eine Jagd, eine Flucht süßer und stolzer Gefühle, quälender Befürchtungen, verhehlter Wonnen, klopfender Pulse, beschleunigter Atemzüge, soviel nur eine junge Brust fassen und ein leichtsinniges Herz genießen kann in der Vorstunde einer tötenden Kugel oder am Vorabend einer beschämenden Entlarvung!

Als der nürembergische Junker August Leubelfing von dem Kornett dem Könige vorgestellt wurde, hatte der Beschäftigte kaum einen Augenblick gefunden, seinen neuen Pagen flüchtig ins Auge zu fassen. So wurde dieser einer frechen Lüge überhoben. Gustav Adolf war im Begriff, sich auf sein Leibroß zu schwingen, um den zweiten fruchtlosen Sturm auf die uneinnehmbare Stellung des Friedländers vorzubereiten. Er hieß den Pagen folgen, und dieser warf sich ohne Zaudern auf den ihm vorgeführten Fuchs, denn er war von jung an im Sattel heimisch und hatte von seinem Vater, dem weiland wildesten Reiter im schwedischen Heere, einen schlanken und ritterlichen Körper geerbt. Wenn der König, nach einer Weile sich umwendend, den Pagen tödlich erblassen sah, so taten es nicht die feurigen Sprünge des Fuchses und die Ungewohnheit des Sattels, sondern es war, weil Leubelfing in einiger Entfernung eine ertappte Dirne erblickte, die mit entblößtem Rücken aus dem schwedischen Lager gepeitscht wurde, und ihn das nackte Schauspiel ekelte.

Tag um Tag – denn der König ermüdete nicht, den abgeschlagenen Sturm mit einer ihm sonst fremden Hartnäckigkeit zu wiederholen – ritt der Page ohne ein Gefühl der Furcht an seiner Seite. Jeder Augenblick konnte es bringen, daß er den tödlich Getroffenen in seinen Armen vom Rosse hob oder selbst tödlich verwundet in den Armen Gustav Adolfs ausatmete. Wenn sie dann ohne Erfolg zurückritten, der König mit verdüsterter Stirn, so täuschte oder verbarg dieser seine Sorge, indem er den Neuling aufzog, daß er den Bügel verloren und die Mähne seines Tieres gepackt hätte. Oder er tadelte auch im Gegenteil seine Waghalsigkeit und schalt ihn einen Casse-Cou, wie der Lagerausdruck lautete.

Überhaupt ließ er es sich nicht verdrießen, seinem Pagen gute väterliche Lehre zu geben und ihm gelegentlich ein wenig Christentum beizubringen.

Der König hatte die löbliche und gesunde Gewohnheit, nach beendigtem Tagewerke die letzte halbe Stunde vor Schlafengehen zu vertändeln und allerhand Allotria zu treiben, jede Sorge mit geübter Willenskraft hinter sich werfend, um sie dann im ersten Frühlicht an derselben Stelle wieder aufzuheben. Und diese Gewohnheit hielt er auch jetzt und um so mehr fest, als die vereitelten Stürme und geopferten Menschenleben seine Pläne zerstörten, seinen Stolz beleidigten und seinem christlichen Gewissen zu schaffen machten. In dieser späten Freistunde saß er dann behaglich in seinem Sessel zurückgelehnt und Page Leubelfing auf einem Schemel daneben. Da wurde Dame gezogen oder Schach gespielt, und im Brettspiele schlug der Page zuweilen den König. Oder dieser, wenn er sehr guter Laune war, erzählte harmlose Dinge, wie sie eben in seinem Gedächtnisse obenauf lagen. Zum Beispiel von der pompösen Predigt, welche er weiland auf seiner Brautfahrt nach Berlin in der Hofkirche gehört. Sie habe das Leben einer Bühne verglichen: mit den Menschen als Schauspielern, den Engeln als Zuschauern, dem den Vorhang senkenden Tode als Regisseur. Oder auch die unglaubliche Geschichte, wie man ihm, dem Könige, nach der Geburt seines Kindes anfänglich einen Sohn verkündigt und er selbst eine Weile sich habe betrügen lassen, oder von Festen und Kostümen, seltsamerweise meistens Geschichten, die ein Mädchen ebenso sehr oder mehr als einen Jüngling belustigen konnten, als empfände der getäuschte König, ohne sich Rechenschaft davon zu geben, die Wirkung des Betruges, welchen der Page an ihm verübte, und kostete unwissend den unter dem Scheinbilde eines gutgearteten Jünglings spielenden Reiz eines lauschenden Weibes. Darüber befiel auch wohl den Pagen eine plötzliche Angst. Er vertiefte seine Altstimme und wagte irgendeine männliche Gebärde. Aber ein nicht zu mißdeutendes Wort oder eine kurzsichtige Bewegung des Königs gab dem Erschreckten die Gewißheit zurück, Gustav unterliege demselben Blendwerk wie bei der Geburt seiner Christel. Dann geriet der wieder sicher Gewordene wohl in eine übermütige Stimmung und gab etwas so Verwegenes und Persönliches zum besten, daß er sich eine Züchtigung zuzog. Wie jenes Mal, da er nach einem warmen, ehelichen Lobe der Königin im Munde Gustavs die kecke Frage hinwarf: Wie denn die Gräfin Eva Brahe eigentlich ausgesehen habe? Diese Jugendgeliebte Gustavs und spätere Gemahlin De la Gardies, welchen sie, da ihr der tapferste Mann des Jahrhunderts entschlüpft war, als den zweittapfersten heiratete, besaß dunkles Haar, schwarze Augen und scharfe Züge. Das erfuhr aber der neugierige Page nicht, sondern erhielt einen ziemlich derben Schlag mit der flachen Hand auf den vorlauten Mund, in dessen Winkeln Gustav die Lust zu einem mutwilligen Gelächter wahrzunehmen glaubte.

Es begab sich eines Tages, daß der König seiner Christel das Geschenk eines ersten Siegelringes machte. Auf den edeln Stein desselben sollte der Mode gemäß ein Denkspruch eingegraben werden, eine Devise, wie man es hieß, welche – im Unterschiede mit dem ererbten Wappenspruche – etwas dem Besitzer des Siegels persönlich Eigenes, eine Maxime seines Kopfes, einen Wunsch seines Herzens in nachdrücklicher Kürze aussprechen mußte, wie z. B. das ehrgeizige „Nondum" des jungen Karls V. Gustav hätte wohl seinem Kinde selbst einen Leibspruch erfunden, aber, wieder der Mode gemäß, mußte dieser lateinisch, italienisch oder französisch lauten.

So suchte er denn, tief auf einen Quartband gebückt, unter den tausend darin verzeichneten Sinnsprüchen berühmter oder witziger Leute mit seinen lichtgefüllten, doch kurzsichtigen Augen nach demjenigen, welchen er seiner erst siebenjährigen, aber frühreifen Christel bescheren wollte. Er belustigte sich an den lakonischen Sätzen, welche das Wesen ihrer Erfinder – meistenteils geschichtlicher Persönlichkeiten – oft richtig, ja schlagend ausdrückten, oft aber auch, gemäß der menschlichen Selbsttäuschung und Prahlerei, das gerade Gegenteil.

Jetzt wies ein feiner Finger mit einem scharfen schwarzen Schatten auf das hellbeleuchtete Blatt und eine Devise von unbekanntem Ursprung. Es war der über die Schultern des Königs guckende Page; die Devise aber lautete: „Courte et bonne!“ Das heißt: Soll ich mir ein Leben wählen, so sei es ein kurzes und genußvolles! Der König las, sann einen Augenblick, schüttelte bedenklich den Kopf und zupfte, über sich greifend, seines Pagen wohlgebildeten Ohrlappen. Dann drückte er Leubelfing auf seinen Schemel nieder, in der Absicht, ihm eine kleine Predigt zu halten. „Gust Leubelfing,“ begann er lehrhaft behaglich, den Kopf rückwärts in das Polster gedrückt, so daß das volle Kinn mit dem goldhaarigen Zwickel vorsprang und das schalkhafte Licht der halbgeschlossenen Augen auf das lauschend gehobene Antlitz des Pagen niederblitzte, „Gust Leubelfing, mein Sohn! Ich vermute, diesen fragwürdigen Spruch hat ein Weltkind erfunden, ein ‚Epikureer‘, wie Doktor Luther solche Leute nennt. Unser Leben ist Gottes. So dürfen wir es weder lang noch kurz wünschen, sondern wir nehmen es wie Er es gibt. Und gut? Freilich gut, das ist schlicht und recht. Aber nicht voll Rausches und Taumels, wie der französische Spruch hier unzweifelhaft bedeutet. Oder wie hast du ihn verstanden, mein lieber Sohn?“

Leubelfing antwortete erst schüchtern und befangen, dann aber mit jeder Silbe freudiger und entschlossener: „Solchergestalt, mein gnädiger Herr: Ich wünsche mir alle Strahlen meines Lebens in ein Flammenbündel und in den Raum einer Stunde vereinigt, daß statt einer blöden Dämmerung ein kurzes, aber blendend helles Licht von Glück entstünde, um dann zu löschen wie ein zuckender Blitz.“ Sie hielt inne. Dem Könige schien dieser Stil und dieser „zuckende Blitz“ nicht zu gefallen, obgleich es die Lieblingsmetapher des Jahrhunderts war. Er kräuselte spottend die feinen Lippen. Aber das noch ungesprochene rügende Wort unterbrechend, leidenschaftlich hingerissen, rief der Page aus: „Ja, so möcht' ich! Courte et bonne!" Dann besann er sich plötzlich und fügte demütig bei: „Lieber Herr! Möglicherweise mißversteh' ich den Spruch. Er ist vieldeutig, wie die meisten hier im Buche. Eines aber weiß ich, und das ist die lautere Wahrheit: wenn dich, mein liebster Herr, die Kugel, welche dich heute streifte," – er verschluckte das Wort – „Courte et bonne! hätte es geheißen, denn du bist ein Jüngling zugleich und ein Mann – und dein Leben ist ein gutes!"

Der König schloß die Augen und verfiel dann, tagesmüde wie er war, in den Schlummer, den er erst heuchelte, um die Schmeichelei des Pagen nicht gehört zu haben oder wenigstens nicht zu beantworten.

So spielte der Löwe mit dem Hündchen und auch das Hündchen mit dem Löwen. Und als ob ein neckisches oder verderbliches Schicksal es darauf absehe, dem verliebten Kinde seinen vergötterten Helden aufs innigste zu verbinden, ihm denselben in immer neuer Gestalt und in seinen tiefsten Empfindungen zeigend, ließ es den Pagen mit seinem Herrn auch den herbsten Schmerz teilen, welchen es gibt, den väterlichen.

Der König bediente sich Leubelfings, dem er das unbedingteste Vertrauen bewies, um die regelmäßig aus Stockholm anlangenden Briefe der Hofmeisterin seines Prinzeßchens sich vorlesen und dann auch beantworten zu lassen. Diese Dame schrieb einen kritzligen, schmalen Buchstaben und einen breiten, gründlichen Stil, so daß Gustav ihre umständlichen

Schreiben meist gleich dem Pagen zuschob, dessen rasche Augen und bewegliche Lippen die Zeilen einer Briefseite nicht weniger behende hinuntersprangen als seine jungen Füße die ungezählten Stufen einer Wendeltreppe. Eines Tages bemerkte Leubelfing in der Ecke des Briefumschlages das große S, womit man damals wichtige oder sekrete Schreiben zu bezeichnen pflegte, damit sie der Empfänger persönlich öffne und lese. Die Pageneigenschaften: Neugierde und Keckheit überwogen. Leubelfing brach das Siegel und eine wunderliche Geschichte kam zum Vorschein. Die Hofmeisterin des Prinzeßchens hatte – gemäß dem vom Könige selbst verfaßten und frühe Erlernung der Sprachen vorschreibenden Studienplane – an der Zeit gefunden, der Christel einen Lehrer des Italienischen zu bestellen. Die mit Umsicht vorgenommene Wahl schien geglückt. Der noch junge Mann, ein Schwede von guter Abkunft, welcher sich auf langen Reisen weit in der Welt umgesehen hatte, vereinigte alle Vorzüge der Erscheinung und des Geistes, einen edelschlanken Körperbau, einnehmende Gesichtszüge, eine feingewölbte Stirn, ein gefälliges Betragen, eine befestigte Sittlichkeit, gleich weit entfernt von finsterer Strenge und lächerlicher Pedanterie, adeliges Ehrgefühl, christliche Demut. Und damit verband er die Hauptsache: ein echtes Luthertum, welches, wie er selbst bekannte, erst in dem modernen Babylon angesichts der römischen Greuel aus einer erlernten Sache ihm zu einer selbständigen und unerschütterlichen Überzeugung geworden sei. Die kühle und verständige Hofmeisterin wiederholte in jedem ihrer Briefe, dieser Jüngling habe es ihr angetan. Auch die junge Prinzeß lernte frisch drauflos mit ihrem aufgeweckten

Kopf und unter einem solchen Lehrer. Da ertappte die Hofmeisterin eines Tages die gelehrige und phantasiereiche Christel, wie sie, in einem Winkel geduckt, sich im stillen damit vergnügte, die Kugeln eines Rosenkranzes von wohlduftendem Zedernholz herunterzubeten, an denen sie von Zeit zu Zeit mit schnupperndem Näschen roch. „Ein reißender Wolf im Schafskleide!" schrieb die brave Hofmeisterin mit fünf Ausrufungszeichen. „Ich schlug die Hände über dem Kopfe zusammen und wurde zur weißen Bildsäule."

Auch Gustav Adolf erbleichte, im tiefsten erschüttert, und seine großen blauen Augen starrten in die Zukunft. Er kannte die Gesellschaft Jesu.

Der Jesuit war ins Gefängnis gewandert, und ihm stand, nach dem drakonischen schwedischen Gesetze, eine Halsstrafe bevor, wenn der König nicht Gnade vor Recht ergehen ließ. Dieser aber befahl dem Pagen, umgehend an die Hofmeisterin zu schreiben: Mit dem Mädchen seien nicht viele Worte zu machen, die Sache als eine Kinderei zu behandeln; den Jesuiten schaffe man ohne Geschrei und Aufsehen über die Grenze, „denn" — so diktierte er Leubelfing — „ich will keinen Märtyrer machen. Der verblendete Jüngling mit seinem gefälschten Gewissen ließe sich schlankweg köpfen, um in die Purpurwolke der Blutzeugen aufgenommen zu werden und gen Himmel zu fahren mitsamt seiner geheimen bösen Lust, das bildsame Gehirn meines Kindes mißhandelt zu haben".

Aber mehrere Tage lang ließ ihn „das Unglück und das Verbrechen" — so nannte er das Attentat auf die Seele seines Kindes — nicht mehr los, und er erging sich in Gegenwart seines Lieblings, weit über Mitternacht, bis zum Erlöschen seiner Ampel, rastlos auf und nieder schreitend, freilich eher im Selbst- als im Zwiegespräche, über die Lüge, die Sophistik und die Verlarvungen der frommen Väter, während sich der im Halbdunkel sitzende Page entsetzt und zerknirscht an die klopfende junge Brust schlug und die leisen beschämenden Worte sich zurief: „Auch du bist eine Lügnerin, eine Sophistin, eine Verlarvte!"

Seit jenen nächtigen Stunden ängstigte sich der Page furchtbar, bis zur Zerrüttung, über seine Larve und sein Geschlecht. Der nichtigste Umstand konnte die Entdeckung herbeiführen. Dieser Schande zu entgehen, beschloß der Ärmste zehnmal im Abenddunkel oder in der Morgenfrühe sein Roß zu satteln, bis an das Ende der Welt zu reiten, und zehnmal wurde er zurückgehalten durch eine unschuldige Liebkosung des Königs, der keine Ahnung hatte, daß ein Weib um ihn war. Leicht zumute wurde ihm nur im Pulverdampfe. Da blitzten seine Augen, und fröhlich ritt er der tödlichen Kugel entgegen, welche er herausforderte, seinen bangen Traum zu endigen. Und wenn der König hernach in seiner Abendstunde beim trauten Lichtschein seinen Pagen über einer Dummheit oder Unwissenheit ertappte, beim Kopfe kriegte und ihm mit einem ehrlichen Gelächter durch das krause Haar fuhr, sagte sich dieser in herzlicher Lust und Angst erbebend: „Es ist das letztemal!"

So fristete er sich und genoß das höchste Leben mit der Hilfe des Todes.

Es war seltsam. Leubelfing fühlte es: auch der König lebte mit dem Tode auf einem vertrauten Fuße. Der Friedländer hatte den Angriff an sich gerissen und den Eroberer in die unerträgliche Lage eines

Weichenden, beinahe Flüchtigen, gebracht. So legte der christliche Held sein Schicksal täglich, ja stündlich und fast herausfordernd in die Hände seines Gottes. Den Brustharnisch, welchen ihm der Page zu bieten pflegte, wies er beharrlich zurück unter dem Vorwand einer Schulterwunde, welche der anliegende Stahl drücke. Ein schmiegsames, feines Panzerhemde, wie die Klugen und Vorsichtigen es auf bloßem Leibe trugen, ein Meisterstück niederländischer Schmiedekunst, langte an, und die Königin schrieb dazu, sie hätte erfahren, der Friedländer trage ein solches, ihr Herr und Gemahl dürfe nicht schlechter beschirmt in den Kampf gehen. Dies feine Geschmiede warf Gustav als eine Feigheit verächtlich in einen Winkel.

Einmal in der Stille der Nacht hörte Leubelfing, dessen Haupt von demjenigen des Königs nur durch die Wand getrennt war, sich dicht an dieselbe drückend, wie Gustav inbrünstig betete und seinen Gott bestürmte, ihn im Vollwerte hinwegzunehmen, wenn seine Stunde da sei, bevor er ein Unnötiger oder Unmöglicher werde. Zuerst quollen der Lauscherin die Tränen, dann erfüllte sie vom Wirbel zur Zehe eine selbstsüchtige Freude, ein verstohlener Jubel, ein Sieg, ein Triumph über die Ähnlichkeit ihres kleinen mit diesem großen Lose, der dann mit dem albernen Kindergedanken, eine gemeinsame Silbe beendige ihren Namen und beginne den des Königs, sich in Schlummer verlor.

Aber der Page träumte schlecht, denn er träumte mit seinem Gewissen. In den richtenden Bildern, welche vor seinen Traumaugen aufstiegen, geschah es bald, daß der König den Entdeckten mit flammendem Blick und verurteilender Gebärde von sich wies, bald verjagte ihn die Königin mit einem Besenstiel und den derbsten Scheltworten, wie die gebildete Frau solche am Tage nie über die Lippen ließ, ja welche sie wohl gar nicht kannte.

Einmal träumte dem Pagen, seine Fuchsstute gehe mit ihm durch und rase durch eine nackte, von einer zornigen Spätglut geröteten Gegend einer Schlucht zu, der König setze ihm nach, er aber stürze vor den Augen seines Retters oder Verfolgers in die zerschmetternde Tiefe, von einem höllischen Gelächter umklungen.

III.

Leubelfing erwachte mit einem jähen Schrei. Der Morgen dämmerte, und der Page fand seinen König, der sich in einem Zuge kühl und hell geschlafen hatte, in der gelassensten und leutseligsten Laune von der Welt. Ein Brief der Königin langte an, der eben nichts Dringliches enthielt, wenn nicht die Nachschrift, worin sie ihren Gemahl bat, zum Rechten zu sehen in einem Fall und in einer Nöte, welche der hilfreichen Frau naheging. Der Herzog von Lauenburg, ein unsittlicher Mensch, der vor kaum ein paar Monaten eine der vielen Basen der Königin aus politischen Gründen geheiratet hatte, gab öffentliches Ärgernis, indem er, von den blonden Flechten und wasserblauen Augen seines Weibes gelangweilt, seine Flitterwochen abgekürzt hatte und, in das schwedische Lager zurückgeeilt, eine blutjunge Slawonierin neben sich hielt. Diese hatte er, als ein Wegelagerer, der er war, aus der Mitte einer niedergerittenen friedländischen Eskorte weggefangen. Nun ersuchte die Königin ihren Gemahl, diesem prahlerischen Ehebruch ein rasches

Ende zu machen; denn der Lauenburger, den Blicken nur des Königs ausweichend, prunkte vor seinen Standesgenossen mit der hübschen Beute und gönnte sich, als einem Reichsfürsten, die Sünde und den Skandal dazu. Gustav Adolf faßte die Sache als eine einfache Pflichterfüllung auf und gab kurzweg den Befehl, die Slawonierin – man nannte sie die Korinna – zu ergreifen und ihm vorzuführen in der achten Stunde, wo er von einem kurzen Rekognoszierungsritte zurück zu sein glaubte. Streng und menschlich zugleich, dachte er das Mädchen, dem er, den Lauenburger kennend, den kleinern Teil der Schuld beimaß, zu ermahnen und dann ihrem Vater in das wallensteinische Lager zuzusenden. Er verritt, den Pagen Leubelfing zurücklassend, mit der Weisung, die Königin brieflich zu beruhigen; er werde eine eigenhändige Zeile beifügen. Acht Uhr verstrich und der König war noch nicht wieder angelangt, wohl aber die Korinna, von ein paar grimmigen schwedischen Pikenieren begleitet, welche sie dem Pagen, der im Vorzimmer über seinem Briefe saß, Degen und Pistolen neben sich auf den Tisch gelegt, überlieferten. Vor dem Tore des Schlößchens stand ja eine Wache.

Neugierig schickte der Page einen Blick über seine Buchstaben hinweg nach der Gefangenen, die er sich setzen hieß, und erstaunte über ihre Schönheit. Nur von mittlerer Größe, trug sie über vollen Schultern auf einem feinen Halse ein wohlgebildetes, kleines Haupt. Wenig fehlte, stillere Augen, freiere Stirn, ruhigere Naslöcher und Mundwinkel, so war es das süße Haupt einer Muse, wie unmusenhaft die Korinna sein mochte. Pechschwarze Flechten und dunkeldrohende Augen bleichten das fesselnde Gesicht. Die in Unordnung geratene buntfarbige Kleidung, von keinem südlich leuchtenden Himmel gedämpft, erschien unter einem nordischen grell und aufdringlich. Der Busen klopfte sichtbar.

Das Schweigen wurde dem Mädchen unerträglich. „Wo ist der König, Junker?“ fragte sie mit einer hohen, vor Erregung schreienden Stimme. „Ist verritten. Wird gleich zurück sein!“ antwortete Leubelfing in seiner tiefsten Note.

„Der König bilde sich nur nicht ein, daß ich von dem Herzog lasse,“ fuhr das leidenschaftliche Mädchen mit unbändiger Heftigkeit fort. „Ich liebe ihn zum Sterben. Und wo sollte ich hin? Zu meinem Vater? Der würde mich grausam mißhandeln. Ich bleibe. Der König hat dem Herzog nichts zu befehlen. Mein Herzog ist ein Reichsfürst.“ Offenbar plapperte die Angstvolle dem Lauenburger nach, welcher, ob auch an und für sich ein frevelhafter Mensch, seinen Fürstenmantel, halb im Hohn, halb im Ernst, allen seinen Missetaten umhing.

„Nutzt ihm nichts, Jungfer,“ versetzte der Page Gustav Adolfs. „Reichsfürst hin, Reichsfürst her, der König ist sein Kriegsherr, und der Lauenburger hat zu parieren.“

„Der Herzog“, zankte die Slawonierin, „ist vom alleredelsten Blut, der König aber stammt von einem gemeinen schwedischen Bauer.“ Ihr Freund, der Lauenburger, mochte ihr das aus dem Bauernkleide Gustav Wasas entstandene Märchen vorgestellt haben. Leubelfing erhob sich beleidigt und schritt bolzgerade auf die Korinna zu, machte dicht vor ihr halt und fragte gestreng: „Was sagst?“ Auch das Mädchen hatte sich ängstlich erhoben und fiel jetzt mit plötzlich veränderkem Ausdruck dem Pagen um den Hals: „Teurer Herr! Schöner Herr! Helft mir! Ihr müßt mir helfen! Ich liebe den Lauenburger und lasse nicht von ihm! Niemals!“ So rief und flehte sie und küßte und herzte und drückte den Pagen, dann aber wich sie in unsäglicher Verblüffung einen Schritt zurück, und das seltsamste Lächeln der Welt irrte um ihren spöttisch verzogenen Mund.

Der Page wurde bleich und fahl. „Schwesterchen,“ lispelte die Korinna mit einem schlauen Blick, „wenn du deinen Einfluß“ – in demselben Moment hatte Leubelfing sie mit kräftiger Linken am Arme gepackt, auf die Knie niedergedrückt und den Lauf seines rasch ergriffenen Pistols der Schläfe des kleinen Kopfes genähert. „Drück' los,“ rief die Korinna halb wahnsinnig, „und der Lust und des Elends sei ein Ende!“ wich aber doch dem Lauf mit den behendesten und gelenkigsten Drehungen und Wendungen ihres Hälschens aus.

Jetzt setzte ihr Leubelfing den kalten Ring des Eisens mitten auf die Stirn und sprach totenbleich, aber ruhig: „Der König weiß nichts davon, bei meiner Seligkeit.“ Ein ungläubiges Lächeln war die Antwort. „Der König weiß nichts davon,“ wiederholte der Page, „und du schwörst mir bei diesem Kreuz,“ – er hatte es ihr an einem goldenen Kettchen aus dem Busen gezerrt – „von wem hast du das? von deiner Mutter, sagst du? – Du schwörst mir bei diesem Kreuz, daß auch du nichts davon weißt! Mach' schnell, oder ich schieße!“

Aber der Page senkte seine Waffe, denn er vernahm Roßgestampf, das Gerassel des militärischen Saluts und die treppansteigenden schweren Tritte des

Königs. Er warf noch einen Blick auf die sich von den Knien erhebende Korinna, einen flehenden Blick, in welchem zu lesen war, was er nie ausgesprochen hätte: „Sei barmherzig! Ich bin in deiner Gewalt! Verrate mich nicht! Ich liebe den König!"

Dieser trat ein, ein anderer Mann, als er vor zwei Stunden verritten war, streng wie ein Richter in Israel, in heiliger Entrüstung, in lodernden Zorn, wie ein biblischer Held, der ein himmelschreiendes Unrecht aus dem Mittel heben muß, damit nicht das ganze Volk verderbe. Er hatte einem empörenden Auftritt, einer ekelerregenden Szene beigewohnt: der Beraubung eines vor dem Friedländer in das schwedische Lager flüchtenden Haufens deutscher Bauern durch deutschen Adel unter Führung eines deutschen Fürsten.

Die Herren hatten im Gezelt eines der Ihrigen bis zur Morgendämmerung gezecht, gewürfelt, gekartet. Ein Abenteurer zweifelhaftester Art, der Bank hielt, hatte sie alle ausgebeutelt. Den mutmaßlich falschen Spieler ließen sie nach einem kurzen Wortwechsel – er war von Adel – als einen Mann ihrer Gattung unangefochten ziehen, brachen dagegen, gereizt und übernächtig zu ihren Zelten kehrend, in ein Gewirr schwerbeladener Wagen ein, das sich in einer Lagergasse staute. Der Lauenburger, der im Vorbeireiten sein Zelt öffnend, das Nest leer gefunden und seinen Verdacht ohne weiteres auf den König geworfen hatte, kam ihnen nachgesprengt und feuerte ihre Raubgier zu einer Tat an, von welcher er wußte, daß sie, von dem Könige vernommen, Gustav Adolf in das Herz schneiden würde.

Aber dieser sollte den Frevel mit Augen sehen. Mitten in den Tumult – Kisten und Kasten wurden erbrochen, Rosse niedergestochen oder geraubt, Wehrlose mißhandelt, sich zur Wehr Setzende verwundet – ritt der König hinein, zu welchem sich flehende Arme, Gebete, Flüche, Verwünschungen erhoben, nicht anders als zum Throne Gottes. Der König beherrschte und verschob seinen Zorn. Zuerst gab er Befehl, für die mißhandelten Flüchtlinge zu sorgen, dann befahl er die ganze adelige Sippe zu sich auf die neunte Stunde. Heimreitend, hielt er vor dem Zelt des Generalgewaltigen, hieß ihn seinen roten Mantel umwerfen und – in einiger Entfernung – folgen.

In dieser Stimmung befand sich König Gustav, als er die Beihälterin des Lauenburgers erblickte. Er maß das Mädchen, deren wilde Schönheit ihm mißfiel und deren grelle Tracht seine klaren Augen beleidigte.

„Wer sind deine Eltern?" begann er, es verschmähend, sich nach ihrem eigenen Namen oder Schicksal zu erkundigen.

„Ein Hauptmann von den Kroaten; die Mutter starb früh weg," erwiderte das Mädchen, mit ihren dunkeln seinen hellen Augen ausweichend.

„Ich werde dich deinem Vater zurücksenden," sagte er.

„Nein," antwortete sie, „er würde mich erstechen."

Eine mitleidige Regung milderte die Strenge des Königs. Er suchte für das Mädchen einen geringen Straffall. „Du hast dich im Lager in Männerkleidern umgetrieben, dieses ist verboten," beschuldigte er sie.

„Niemals," widersprach die Korinna aufrichtig entrüstet, „nie beging ich diese Zuchtlosigkeit."

„Aber", fuhr der König fort, „du brichst die Ehe und machst eine edle, junge Fürstin unglücklich."

Eine rasende Eifersucht loderte in den Augen der Slawonierin. „Wenn er nun mich mehr, mich allein liebt, was kann ich dafür? was kümmert mich die andere?“ trotzte sie wegwerfend. Der König betrachtete sie mit einem erstaunten Blicke, als frage er sich, ob sie je in eine christliche Kinderlehre gegangen sei.

„Ich werde für dich sorgen,“ sagte er dann. „Jetzt befehle ich dir: Du lässest von dem Lauenburger auf immer und ewig. Deine Liebe ist eine Todsünde. Wirst du gehorchen?“ Sie hielt erst mit zwei lodernden Fackeln, dann mit einem festen, starren Blick den des Königs aus und schüttelte das Haupt. Dieser wendete sich gegen den Generalgewaltigen, der unter der Türe stand.

„Was soll der mit mir?“ fragte das Mädchen schaudernd. „Ist's der Henker? Wird er mich richten?“

„Er wird dir die Haare scheren, dann bringt dich der nächste Transport nach Schweden, wo du in einem Besserungshause bleibst, bis du ein evangelisches Weib geworden bist.“

Ein heftiger Stoß von wunderlichen Befürchtungen und unbekannten Schrecken warf das kleine Gehirn über den Haufen. Ein geschorenes Schädelchen, welche entehrendere, beschämendere Entblößung konnte es geben! Schweden, das eisige Land mit seiner Winternacht, von welchem sie hatte fabeln hören, dort sei der Eingang zum Reiche der Larven und Gespenster! Besserung? Welche ausgesuchte, grausame Folter bedeutete dieses ihr unbekannte Wort? Ein evangelisches Weib? Was war das, wenn nicht eine Ketzerin? Und so sollte sie zu alledem noch ihres bescheidenen himmlischen Teiles verlustig gehen? Sie, die keine Fasten brach und keine fromme Übung versäumte! Sie ergriff das Kreuz, das an dem zerrissenen Kettchen niederhing, und küßte es inbrünstig.

Dann ließ sie die irren Augen im Kreise laufen. Diese blieben auf dem Pagen haften, und Rachelust flammte darin auf. Sie öffnete den Mund, um den König, welcher sie des Ehebruchs geziehen, gleicherweise einen Ehebrecher zu schelten. Dieser stand ruhig beiseite. Er hatte den Brief des Pagen in die Hand genommen und durchflog denselben mit nahen Blicken. Seine aufmerksamen Züge, deren aus Gerechtigkeit und Milde gemischter Ausdruck etwas Majestätisches und Göttliches hatte, erschreckten die Korinna; sie fürchtete sich davor, als vor etwas Fremdem und Unheimlichem. Das wildwüchsige Mädchen, welches jedes von einer faßlichen Leidenschaft verzogene Männerantlitz richtig beurteilte, ohne davor zu erschrecken, wurde aus dieser veredelten menschlichen Miene nicht klug. Sie mochte den König nicht länger ansehen. Am Ende, dachte sie, ist der Schneekönig ein gefrorener Mensch, der die Nähe des Weibes und die ihn heimlich umschleichende Liebe nicht spürt. Ich könnte das junge Blut verderben! Wozu aber auch? Und dann — sie liebt ihn.

Jetzt trat der Profos einen Schritt vorwärts und streckte die Hand nach der Slawonierin aus. Diese gab sich verloren. Blitzschnell richtete sie sich an dem Pagen auf und wisperte ihm ins Ohr: „Laß mir zehn Messen lesen, Schwesterchen! von den teuren! Du bist mir eine dicke Kerze schuldig! Nun, eine hat das Glück, die andere" — sie fuhr in die Tasche, zog einen Dolch heraus, schleuderte die Scheide ab und zerschnitt sich in einem kunstfertigen Zug die Halsader wie einem

Täubchen. So mochte sie es in einer Feldküche gelernt und geübt haben.

Der Generalgewaltige spreitete seinen roten Mantel, legte sie der Länge nach darauf, hüllte sie ein und trug sie wie ein schlafendes Kind auf beiden Armen durch eine Seitentüre hinweg.

Jetzt wurde es im Nebenzimmer lebendig von allerhand ungebührlich laut geführten Unterhaltungen, und mit dem Schlage neun trat der König, welchem Leubelfing die Flügeltür öffnete, unter die versammelten deutschen Fürsten und Herren.

Sie bildeten in dem engen Raume einen dichtgedrängten Kreis und mochten ihrer fünfzig oder sechzig sein. Die Herrschaften hielten sich nicht allzu ehrerbietig, manche sogar nachlässig, als ob sie ebensowenig die Farbe der Scham als die Farbe der Furcht kannten: schlaue neben verwegenen, ehrgeizige neben beschränkten, fromme neben frechen Köpfen; die Mehrzahl Leute, die ihren Mann stellten und mit denen gerechnet werden mußte. Links vom Könige hielt sich in bescheidener Haltung der Hauptmann Erlach, der eigentlich hier nichts zu suchen hatte. Dieser Kriegsmann war unter die Fahnen Gustav Adolfs getreten, als des gottesfürchtigsten Helden seiner Zeit, und hatte dem Könige oft bekannt, ihn jammere der Sünden, die er hier außen im Reiche sehen müsse: Undank, Maske, Fallstrick, Intrige, Kabale, verdecktes Spiel, verteilte Rollen, verwischte Spuren, Bestechung, Länderverkauf, Verrat, lauter in seinen helvetischen Bergen vollständig unbekannte und unmögliche Dinge. Er hatte sich hier eingefunden, vielleicht um seinem intimen Freunde, dem französischen Gesandten, welcher sich von seiner Sitteneinfalt angezogen fühlte, etwas Neues erzählen zu können, worauf die Franzosen brennen, wie sie einmal sind; vielleicht auch nur, um zur Erbauung seiner Seele einem Sieg der Tugend über das Laster beizuwohnen. Er kniff seelenruhig die Augen und wirbelte die Daumen der gefalteten Hände. Diesem Tugendbilde gegenüber, rechts vom Könige, stand die freche Sünde: der Lauenburger, mit unruhigen Füßen, in seiner reichsten Tracht und seinem kostbarsten Spitzenkragen, dämonisch lächelnd und die Augen rollend. Er war einem Knecht des Gewaltigen begegnet, welchem dieser seinen Mantel übergeben. Unter dessen Falten hatte er eine Menschengestalt erkannt, war hinzugetreten und hatte das Tuch aufgeschlagen.

Gustav maß die Versammlung mit einem verdammenden Blick. Dann brauste der Sturm. Seltsam – der König, gereizt durch den Widerspruch dieser stolzen Gesichter, dieser übermütigen Haltungen, dieser prunkenden Rüstungen mit dem Unadel der darunter schlagenden Herzen, bediente sich, um den Hochmut zu erniedrigen und das Verbrechen zu brandmarken, absichtlich einer groben, ja bäurischen Rede, wie sie ihm sonst nicht eigen war.

„Räuber und Diebe seid ihr vom ersten zum letzten! Schande über euch! Ihr bestehlet eure Landsleute und Glaubensgenossen! Pfui! Mir ekelt vor euch! Das Herz gällt mir im Leibe! Für eure Freiheit habe ich meinen Schatz erschöpft – vierzig Tonnen Goldes – und nicht so viel von euch genommen, um mir eine Reithose machen zu lassen! Ja, eher bar wär' ich geritten, als mich aus deutschem Gute zu bekleiden! Euch schenkte ich, was mir in die Hände fiel, nicht einen Schweinestall hab' ich für mich behalten!"

Mit so derben und harten Worten beschimpfte der König diesen Adel.

Dann einlenkend, lobte er die Bravour der Herren, ihre untadelige Haltung auf dem Schlachtfelde und wiederholte mehrmals: „Tapfer seid ihr, ja, das seid ihr! Über euer Reiten und Fechten ist nicht zu klagen!“ ließ dann aber einen zweiten noch heftigeren Zorn aufflammen: „Rebelliert ihr gegen mich,“ forderte er sie heraus, „so will ich mich an der Spitze meiner Finnen und Schweden mit euch herumhauen, daß die Fetzen fliegen!“

Er schloß dann mit einer christlichen Vermahnung und der Bitte, die empfangene Lehre zu beherzigen. Herr Erlach trocknete sich mit der Hand eine Träne. Die Herren gaben sich die Miene, es fechte sie nicht sonderlich an, aber ihre Haltung war sichtlich eine bescheidenere geworden. Einige schienen ergriffen, ja gerührt. Das deutsche Gemüt erträgt eine grobe, redliche Schelte besser als eine lahme Predigt oder einen feinen, schneidenden Hohn.

Insoweit wäre es nun gut und in der Ordnung gewesen. Da ließ der Lauenburger, halb gegen den König, halb gegen seine Standesgenossen gewendet, in nackter Frechheit ein ruchloses Wort fallen:

„Wie mag Majestät über einen Dreck zürnen? Was haben wir Herren verbrochen? Unsere Untertanen erleichtert!“

Gustav erbleichte. Er winkte dem Generalgewaltigen, der hinter der Tür lehnte.

„Lege diesem Herrn deine Hand auf die Schulter!“ befahl er ihm. Der Profos trat heran, wagte aber nicht zu gehorchen; denn der Fürst hatte den Degen aus der Scheide gerissen, und ein gefährliches Gemurmel lief durch den Kreis.

Gustav entwaffnete den Lauenburger, stemmte die Klinge gegen den Fuß und ließ sie in Stücke springen. Dann ergriff er die breite, behaarte Hand des Gewaltigen, legte und drückte selbst sie auf die Schulter des Lauenburgers, der wie gelähmt war, und hielt sie dort eine gute Weile fest, sprechend: „Du bist ein Reichsfürst, Bube, dir darf ich nicht an den Kragen, aber die Hand des Henkers bleibe über dir!"

Dann wandte er sich und ging. Der Profos folgte ihm mit gemessenen Schritten.

Den Pagen Leubelfing, welchen die enge stehenden Herrschaften in eine Fensternische gedrängt hatten, vor der eine schwere Damastdecke mit riesigen Quasten niederhing, hatte der Vorgang bis zu einem krampfhaften Lachen ergötzt. Nach dem blutigen Untergange der Korinna, der ihn zugleich erschüttert und erleichtert hatte, waren ihm die von seinem Helden heruntergemachten Fürsten wie die Personen einer Komödie erschienen, ungefähr wie ein Knabe mit Vergnügen und unterdrücktem Gelächter seinen Vater, in dessen Hut er sich weiß und dessen Ansehn und Macht er bewundert, einen pflichtvergessenen Knecht schelten hört. Bei der ersten Silbe aber, welche der Lauenburger aussprach, war er zusammengeschrocken über die unheimliche Ähnlichkeit, welche die Stimme dieses Menschen mit der seinigen hatte. Derselbe Klang, dasselbe Mark und Metall. Und dieser Schreck wurde zum Grauen, als jetzt, nachdem König Gustav sich entfernt hatte, der Lauenburger eine erkünstelte Lache aufschlug und in die gellenden Worte ausbrach: „Er hat wie ein Stallknecht geschimpft, der schwedische

Bauer! Donnerwetter, haben wir den heute geärgert! Pereat Gustavus! Es lebe die deutsche Libertät! Machen wir ein Spielchen, Herr Bruder, in meinem Zelt? Ich lasse ein Fäßchen Würzburger anzapfen!" Und er legte seinen rechten Arm in den linken der Fürstlichkeit, die ihm zunächst stand. Dieser Herr aber zog seinen linken Arm höflich zurück und antwortete mit einer gemessenen Verbeugung: „Bedaure, Euer Liebden. Bin schon versagt."

Sich an einen andern wendend, den Rauhgrafen, lud der Lauenburger ihn mit noch lustigeren und dringlicheren Worten: „Du darfst es mir nicht abschlagen, Kamerad! Du bist mir noch Revanche schuldig!" Der Rauhgraf aber, ein kurz angebundener Herr, wandte ihm ohne weiteres den Rücken. So oft er seine Versuche wiederholte, so oft wurde er und immer kürzer und derber abgewiesen. Vor seinen Schritten und Gebärden bildete sich eine Leere und entfüllte sich der Raum.

Jetzt stand er allein in der Mitte des von allen verlassenen Gemaches. Ihm wurde deutlich, daß er fortan von seinesgleichen streng werde gemieden werden. Sein Gesicht verzerrte sich. Wütend ballte der Gebrandmarkte die Faust und drohte, sie erhebend, dem Schicksal oder dem Könige. Was er murmelte, verstand der Page nicht, aber der Ausdruck des vornehmen Kopfes war ein so teuflischer, daß der Lauscher einer Ohnmacht nahe war.

IV.

In der Dämmerstunde desselben ereignisvollen Tages wurde dem Könige ein mit einem richtig befundenen Salvokondukt versehener friedländischer Hauptmann gemeldet. Es mochte sich um die Bestattung der in dem letzten Zusammenstoße Gefallenen oder sonst um ein Abkommen handeln, wie sie zwischen sich gegenüberliegenden Herren getroffen werden.

Page Leubelfing führte den Hauptmann in das eben leere Empfangszimmer, ihn hier zu verziehen bittend; er werde ihn ansagen. Der Wallensteiner aber, ein hagerer Mann mit einem gelben verschlossenen Gesichte, hielt ihn zurück: Er ruhe gern einen Augenblick nach seinem raschen Ritte. Nachlässig warf er sich auf einen Stuhl und verwickelte den Pagen, der vor ihm stehengeblieben war, in ein gleichgültiges Gespräch.

„Mir ist," sagte er leichthin, „die Stimme wäre mir bekannt. Ich bitte um den Namen des Herrn." Leubelfing, der gewiß war, diese kalte und diktatorische Gebärde nie in seinem Leben mit Augen gesehen zu haben, erwiderte unbefangen: „Ich bin des Königs Page, Leubelfing von Nüremberg, Gnaden zu dienen."

„Eine kunstfertige Stadt," bemerkte der andere gleichgültig. „Tue mir der junge Herr den Gefallen, diesen Handschuh – es ist ein linker – zu probieren. Man hat mir in meiner Jugend bei den Jesuiten, wo ich erzogen wurde, die demütige und dienstfertige Gewohnheit eingeprägt, die sich jetzt für meine Hauptmannschaft nicht mehr recht schicken will, verlorene und am Wege liegende Gegenstände aufzuheben. Das ist mir nun so geblieben." Er zog einen ledernen Reithandschuh aus der Tasche, wie sie damals allgemein getragen wurden. Nur war dieser von einer ausnahmsweisen Eleganz und von einer auffallenden Schlankheit, so daß ihn wohl neun Zehntel der wallensteinischen oder schwedischen Soldatenhände hineinfahrend mit dem ersten Ruck aus allen seinen

Nähten gesprengt hätten. „Ich hob ihn draußen von der untersten Stufe der Freitreppe."

Leubelfing, durch den kurzen Ton und die befehlende Rede des Hauptmanns etwas gestoßen, aber ohne jedes Mißtrauen, ergriff in gefälliger Höflichkeit den Handschuh und zog sich denselben über die schlanken Finger. Er saß wie angegossen. Der Hauptmann lächelte zweideutig. „Er ist der Eurige," sagte er.

„Nein, Hauptmann," erwiderte der Page befremdet, „ich trage kein so feines Leder." – „So gebt mir ihn zurück!" und der Hauptmann nahm den Handschuh wieder an sich.

Dann erhob er sich langsam von seinem Stuhl und verneigte sich, denn der König war eingetreten.

Dieser tat einige Schritte mit wachsendem Erstaunen und seine starkgewölbten, strahlenden Augen vergrößerten sich. Dann richtete er an den Gast die zögernden Worte: „Ihr hier, Herr Herzog?" Er hatte den Friedländer nie von Angesicht gesehen, aber oft dessen überallhin verbreitete Bildnisse betrachtet, und der Kopf war so eigentümlich, daß man ihn mit keinem andern verwechseln konnte. Wallenstein bejahte mit einer zweiten Verneigung.

Der König erwiderte sie mit ernster Höflichkeit: „Ich grüße die Hoheit und stehe zu Diensten. Was wollet Ihr von mir, Herzog?" Er winkte den Pagen mit einer Gebärde weg.

Leubelfing flüchtete sich in seine anliegende Kammer, welche, ärmlich ausgerüstet, ein schmaler Riemen, zwischen dem Empfangszimmer und dem Schlafgemach des Königs, dem ruhigsten des Hauses, lag. Er war erschreckt, nicht durch die Gegenwart des gefürchteten Feldherrn, sondern durch das Unheimliche dieses späten Besuches. Ein dunkles Gefühl zwang ihn, denselben mit seinem Schicksale in Zusammenhang zu bringen.

Mehr von Angst als von Neugierde getrieben, öffnete er leise einen tiefen Schrank, aus welchem er – wenn es gesagt werden muß – durch eine Wandspalte den König schon einmal – nur einmal – belauscht hatte, um ihn ungestört und nach Herzenslust zu betrachten. Daß sein Auge und abwechselnd sein Ohr jetzt die Spalte nicht mehr verließ, dafür sorgte der seltsame Inhalt des belauschten Gespräches.

Die sich Gegenübersitzenden schwiegen eine Weile, sich betrachtend, ohne sich zu fixieren. Sie wußten, daß, nachdem die das Schicksal Deutschlands bestimmende Schachpartie mit vieldeutigen Zügen und verdeckten Plänen begonnen und sich auf allen Feldern verwickelt hatte, vor der entscheidenden, eine neue Lage der Dinge schaffenden Schlacht das unterhaltende Wort nicht am Platze und ein Übereinkommen unmöglich sei. Diesem Gefühle gab der Friedländer Ausdruck. „Majestät,“ sagte er, „ich komme in einer persönlichen Angelegenheit.“ Gustav lächelte kühl und verbindlich. Der Friedländer aber begann:

„Ich pflege im Bette zu lesen, wenn mich der Schlaf meidet. Gestern oder heute früh fand ich in einem französischen Memoirenwerke eine unterhaltende Geschichte. Eine wahrhaftige Geschichte mit wörtlicher Angabe der gerichtlichen Deposition des Admirals – ich meine den Admiral Coligny, den ich als Feldherrn zu schätzen weiß. Ich erzähle sie mit der Erlaubnis der Majestät. Bei dem Admiral trat eines Tages ein Partisan ein, Poltrot oder wie der Mensch hieß.

Wie ein halb Wahnsinniger warf er sich auf einen Stuhl und begann ein Selbstgespräch, worin er sich über den politischen und militärischen Gegner des Admirals, Franz Guise, leidenschaftlich äußerte und davon redete, den Lothringer aus der Welt zu schaffen. Es war, wie gesagt, das Selbstgespräch eines Geistesabwesenden, und es stand bei dem Admiral, welchen Wert er darauf legen wollte – ich möchte die Szene einem Dramatiker empfehlen, sie wäre wirksam. Der Admiral schwieg, da er das Gerede des Menschen für eine leere Prahlerei hielt, und Franz Guise fiel, von einer Kugel –"

„Hat Coligny so gehandelt," unterbrach der König, „so tadle ich ihn. Er tat unmenschlich und unchristlich."

„Und unritterlich," höhnte der Friedländer kalt.

„Zur Sache, Hoheit," bat der König.

„Majestät, etwas Ähnliches ist mir heute begegnet, nur hat der zum Mord sich Erbietende eine noch künstlichere Szene ins Werk gesetzt. Einer der Eurigen wurde gemeldet, und da ich eben beschäftigt war, ließ ich ihn in das Nebenzimmer führen. Als ich eintrat, war er in der schwülen Mittagsstunde entschlummert und sprach heftig im Traume. Nur wenige gestammelte Worte, aber ein Zusammenhang ließ sich erraten. Wenn ich daraus klug geworden bin, hätte ihn Eure Majestät, ich weiß nicht womit, tödlich beleidigt, und er wäre entschlossen, ja genötigt, den König von Schweden umzubringen um jeden Preis, oder wenigstens um einen anständigen Preis, was ihm leicht sein werde, da er in der Nähe der Majestät und in deren täglichem Umgang lebe. Ich weckte dann den Träumenden, ohne ein Wort mit ihm zu verlieren, wenn nicht, daß ich nach seinem Begehr fragte. Es handelte sich um Auskunft über einen schon vor Jahren in kaiserlichem Dienste verschollenen Rheinländer, ob er noch lebe oder nicht. Eine Erbsache. Ich gab Bescheid und entließ den Listigen. Nach seinem Namen fragte ich ihn nicht; er hätte mir einen falschen angegeben. Ihn aber auf das Zeugnis abgerissener Worte einer gestammelten Traumrede zu verhaften, wäre untunlich und eine schreiende Ungerechtigkeit gewesen."

„Freilich," stimmte der König bei.

„Majestät," sprach der Friedländer, jede Silbe schwer betonend, „du bist gewarnt!"

Gustav sann. „Ich will meine Zeit nicht damit verlieren und mein Gemüt nicht damit vergiften," sagte er, „so zweifelhaften und verwischten Spuren nachzugehen. Ich stehe in Gottes Hand. Hat die Hoheit keine weiteren Zeugen oder Indizien?"

Der Friedländer zog den Handschuh hervor. „Mein Ohr und diesen Lappen da! Ich vergaß der Majestät zu sagen, daß der Träumer schlank war und ein ganz charakterloses, nichtssagendes Gesicht, offenbar eine jener eng anschließenden Larven trug, wie sie in Venedig mit der größten Kunst verfertigt werden. Aber seine Stimme war angenehm markig, ein Bariton oder tiefer Alt, nicht unähnlich der Stimme Eures Pagen, und der Handschuh, der ihm entfiel und bei mir liegen blieb, sitzt selbigem Herrn wie angegossen."

Der König lachte herzlich. „Ich will mein schlummerndes Haupt in den Schoß meines Leubelfings legen," beteuerte er.

„Auch ich", erwiderte der Friedländer, „kann den jungen Menschen nicht beargwöhnen. Er hat ein gutes, ehrliches Gesicht, dasselbe kecke Bubengesicht, womit meine barfüßigen böhmischen Bauermädchen herumlaufen. Doch, Majestät, ich bürge für keinen Menschen. Ein Gesicht kann täuschen und – täuschte es nicht – ich möchte keinen Pagen um mich sehen, wäre es mein Liebling, dessen Stimme klingt wie die Stimme meines Hassers, und dessen Hand dasselbe Maß hat wie die Hand meines Meuchlers. Das ist dunkel. Das ist ein Verhängnis. Das kann verderben."

Gustav lächelte. Er mochte sich denken, daß der großartige Emporkömmling jetzt, da er durch seinen ungeheuerlichen Pakt mit dem Habsburger das Reich des Unausführbaren und Schimärischen betreten hatte, mehr als je allen Arten von Aberglauben huldigte. Den innern Widerspruch durchschauend zwischen dem Glauben an ein Fatum und den Versuchen, dieses Fatum zu entkräften, wollte der seines lebendigen Gottes Gewisse mit keinem Worte, nicht mit einer Andeutung ein Gebiet berühren, wo das Blendwerk der Hölle, wie er glaubte, sein Spiel trieb. Er ließ das Gespräch fallen und erhob sich, dem Herzoge für sein loyales Benehmen dankend. Doch griff er dabei nach dem Handschuh, welchen der Friedländer nachlässig auf ein zwischen ihnen stehendes Tischchen geworfen hatte, aber mit einer so kurzsichtigen Gebärde, daß sie dem scharfblickenden Wallenstein, der sich gleichfalls erhoben hatte, seinerseits ein unwillkürliches Lächeln abnötigte.

„Ich sehe mit Vergnügen," scherzte der König, den Friedländer gegen die Türe begleitend, „daß die Hoheit um mein Leben besorgt ist."

„Wie sollt' ich nicht?" erwiderte dieser. „Ob sich die Majestät und ich mit unsern Armaden bekriegen, gehören die Majestät und ich" – der Herzog wich höflich einem „wir" aus – „dennoch zusammen. Einer ist undenkbar ohne den andern und" – scherzte er seinerseits – „stürzte die Majestät oder ich von dem einen Ende der Weltschaukel, schlüge das andere unsanft zu Boden."

Wieder sann der König und kam unwillkürlich auf die Vermutung, irgendeine himmlische Konjunktur, eine Sternstellung habe dem Friedländer ihre beiden Todesstunden im Zusammenhange gezeigt, eine der anderen folgend mit verstohlenen Schritten und verhülltem Haupte. Seltsamerweise gewann diese Vorstellung trotz seines Gottvertrauens plötzlich Gewalt über ihn. Jetzt fühlte der christliche König, daß die Atmosphäre des Aberglaubens, welche den Friedländer umgab, ihn anzustecken beginne. Er tat wieder einen Schritt gegen den Ausgang.

„Die Majestät", endete der Friedländer fast gemütlich seinen Besuch, „sollte sich wenigstens ihrem Kinde erhalten. Die Prinzeß lernt brav, wie ich höre, und ist der Majestät an das Herz gewachsen. Wenn man keine Söhne hat! Ich bin auch solch ein Mädchenpapa!" Damit empfahl sich der Herzog.

Noch sah der Page, welchem das belauschte Gespräch wie ein Gespenst die Haare zu Berge getrieben hatte, daß Gustav sich in seinen Sessel warf und mit dem Handschuh spielte. Er entfernte das Auge von der Spalte, und in die Kammer zurückwankend, warf er sich neben dem Lager nieder, den Himmel um die Bewahrung seines Helden anflehend, dem seine bloße Gegenwart – wie der Friedländer meinte und er selbst nun zu glauben begann – ein geheimnisvolles Unheil bereiten konnte. „Was es mich koste," gelobte sich der Verzweifelnde, „ich will mich von ihm losreißen, ihn von mir befreien, damit ihn meine unheimliche Nähe nicht verderbe."

Da er ungerufen blieb, schlich er sich erst wieder zum Könige in jener Freistunde, welche dann zu ihrer größern Hälfte in gleichgültigem Gespräche verfloß. Wenn nicht, daß der König einmal hinwarf: „Wo hast du dich heute gegen Mittag umgetrieben, Leubelfing? Ich rief dich und du fehltest." Der Page antwortete dann der Wahrheit gemäß: Er habe mit dem Bedürfnis, nach den erschütternden Szenen des Morgens freie Luft zu schöpfen, sich auf das Roß geworfen und es in der Richtung des wallensteinischen Lagers, fast bis in die Tragweite seiner Kanonen getummelt. Er wollte sich einen freundlichen Verweis des Königs zuziehen, doch dieser blieb aus. Wieder nahm das Gespräch eine unbefangene Wendung, und jetzt schlug die zehnte Stunde. Da hob Gustav mit einer zerstreuten Gebärde den Handschuh aus der Tasche und ihn betrachtend, sagte er: „Dieser ist nicht der meinige. Hast du ihn verloren, Unordentlicher, und ich ihn aus Versehen eingesteckt? Laß schauen!" Er ergriff spielend die linke Hand des Pagen und zog ihm das weiche Leder über die Finger. „Er sitzt," sagte er.

Der Page aber warf sich vor ihm nieder, ergriff seine Hände und überströmte sie mit Tränen. „Lebe wohl," schluchzte er, „mein Herr, mein Alles! Dich behüte Gott und seine Scharen!" Dann jählings aufspringend, stürzte er hinaus wie ein Unsinniger. Gustav erhob sich, rief ihn zurück. Schon aber erklang der Hufschlag eines galoppierenden Pferdes und — seltsam — der König ließ weder in der Nacht noch am folgenden Tage Nachforschungen über die Flucht und das Verbleiben seines Pagen anstellen. Freilich hatte er alle Hände voll zu tun; denn er hatte beschlossen, das Lager bei Nüremberg aufzuheben.

Leubelfing hatte den gestreckten Lauf seines Tieres nicht angehalten, dieser ermüdete von selbst am äußersten Lagerende. Da beruhigten sich auch die erregten Sinne des Reiters. Der Mond schien taghell, und das Roß ging im Schritt. Bei klarerer Überlegung erkannte jetzt der Flüchtling im Dunkel jenes Ereignisses, das ihn von der Seite des Königs vertrieben hatte, mit den scharfen Augen der Liebe und des Hasses seinen Doppelgänger. Es war der Lauenburger. Hatte er nicht gesehen wie der Gebrandmarkte die Faust gegen die Gerechtigkeit des Königs geballt hatte? Besaß der Gestrafte nicht den Scheinklang seiner Stimme? War er selbst nicht Weibes genug, um in jenem fürchterlichen Augenblicke die Kleinheit der geballten fürstlichen Faust bemerkt zu haben? Gewiß, der Lauenburger sann Rache, sann Mord gegen das geliebte Haupt. Und in dieser Stunde unheimlicher Verfolgung und Beschleichung seines Königs hatte sich Leubelfing aus der Nähe des Bedrohten verbannt. Eine unendliche Sorge für das Liebste, was er besessen, preßte ihm das Herz zusammen und löste sich bei dem Gedanken, daß er es nicht mehr besitze, in ein beklommenes Schluchzen und dann in unbändig stürzende Tränen. Eine schwedische Wacht, ein Musketier mit schon ergreistem Knebelbarte, der den schlanken Reiter weinen sah, verzog den Mund zu einer lustigen Grimasse, fragte dann aber gutmütig: „Sinnt der junge Herr nach Hause?" Leubelfing nahm sich zusammen, und langsam weiterreitend entschloß er sich mit jener Keckheit, die ihm die Natur gegeben und das Schlachtfeld verdoppelt hatte, nicht aus dem Lager zu weichen.

„Der König wird es abbrechen," sagte er sich, „ich komme in einem Regiment unter und bleibe während der Märsche und Ermüdungen unbekannt! Dann die Schlacht!"

Jetzt gewahrte er einen Oberst, welcher die Lagerstraßen wachsam abritt. Das Licht des Mondes war so kräftig, daß man einen Brief dabei hätte entziffern können. So erkannte er auf den ersten Blick einen Freund seines Vaters, denselben, welcher dem Hauptmann Leubelfing in dem für ihn tödlichen Duell sekundiert hatte. Er trieb seinen Fuchs zu der Linken des Schweden. Der Oberst, der in der letzten Zeit meist auf Vorposten gelegen, betrachtete den jungen Reiter aufmerksam. „Entweder ich irre mich," begann er dann, „oder ich habe Euer Gnaden, wenn auch auf einige Entfernung, als Pagen neben dem Könige reiten sehen? Wahrlich, jetzt erkenne ich Euch wieder, ob Ihr auch etwas mondenblaß und schwermütig ausschaut." Dann, plötzlich von einer Erinnerung überrascht: „Seid Ihr ein Nüremberger," fuhr er fort, „und mit dem seligen Hauptmann Leubelfing verwandt? Ihr gleichet ihm zum Erschrecken, oder eigentlich seinem Kinde, dem Wildfang, der Gustel, die bis in ihr sechzehntes Jahr mit uns geritten ist. Doch Mondenlicht trügt und hext. Steigen wir ab. Hier ist mein Zelt." Und er übergab sein Roß und das des Pagen einem ihn erwartenden Diener mit plattgedrückter Nase und breitem Gesichte, welcher seinen Gebieter mit einem gutmütigen stupiden Lächeln empfing.

„Mache sich's der Herr bequem," lud der Alte den

Pagen ein, ihm einen Feldstuhl bietend und sich auf seinen harten Schragen niederlassend. Zwei Windlichter gaben eine schwankende Helle.

Jetzt fuhr der Oberst ohne Zeremonie mit seiner breiten ehrlichen Hand dem Pagen durch das Haar. Auf der bloßgelegten Stirnhöhe wurde eine alte, aber tiefeingeschnittene Narbe sichtbar. „Gustel, du Narre," brach er los, „meinst, ich hätt's vergessen, wie dich das ungrische Fohlen, die Hinterhufen aufwerfend, über seinen Starrkopf schleuderte, daß du durch die Luft flogest und wir dreie dich für tot auflasen, die heulende Mutter, der Vater blaß wie ein Geist und ich selber herzlich erschrocken? Ein perfekter Soldat, der selige Leubelfing, mein bester Hauptmann und mein Herzensfreund! Nur ein bißchen toll, wie du es auch sein wirst, Gustel! Alle Wetter, Kind, wie lange schon treibst du dein Wesen um den König? Schaust übrigens akkurat wie ein Bube! Hast dir das blonde Kraushaar im Nacken wegrasiert, Kobold?" und er zupfte sie. „Mach' dir nur nicht vor, du seiest das einzige Weibsbild im Lager! Sieh dir mal den Jakob Erichson an, meinen Kerl!" Der Bursche trat eben mit Flaschen und Gläsern ein. „Ein Mann wie du! Keine Angst, Gustel! Er hat nicht ein deutsches Wort erlernen können. Dazu ist er viel zu dumm. Aber ein kreuzbraves, gottesfürchtiges Weib! Und garstig! Übrigens die einfachste Geschichte von der Welt, Gustel: Sieben Schreihälse, der Ernährer ausgehoben, sein Weib für ihn eintretend. Der denkbar beste Kerl! Ich könnte ihn nun gar nicht mehr entbehren!"

Der Page betrachtete das brave Geschöpf mit entschiedenem Widerwillen, während der Oberst weiter polterte. „Alle Wege ein starkes Stück, Gustel, neben dem Könige dich einzunisten, der die Weibsen in Mannstracht verabscheut! Hast eine Fabel gespielt, was sie auf den Bänken von Upsala ein Monodrama nennen, wenn eine Person für sich mutterseelenallein jubelt, fürchtet, verzagt, empfindet, tragiert, imaginiert! Und hast dir Gott weiß wieviel darauf eingebildet, ohne daß eine sterbliche Seele etwas davon wußte oder sich einen Deut darum bekümmerte. Du blickst unmutig? Halsgefährlich, Kind, war es gerade nicht! Wurdest du entlarvt: ‚Pack' dich, dummes Ding!‘ hätte er dich gescholten und den nächsten Augenblick an etwas anderes gedacht. Ja, wenn dich die Königin demaskiert hätte! Puh! Nun sag' ich: man soll die Kinder nicht küssen! So'n Kuß schläft und lodert wieder auf, wenn die Lippen wachsen und schwellen. Und wahr ist's und bleibt's, der König hat dich mir einmal von den Armen genommen, Patchen, und hat dich geherzt und abgeküßt, daß es nur so klatschte! Denn du warest ein keckes und hübsches Kind." Der Page wußte nichts mehr von dem Kuß, aber er empfand ihn wild errötend.

„Und nun, Wildfang, was soll werden?" Er sann einen Augenblick. „Kurz und gut, ich trete dir mein zweites Zelt ab! du wirst mein Galopin, gibst mir dein Ehrenwort, nicht auszureißen und reitest mit mir bis zum Frieden. Dann führ' ich dich heim nach Schweden in mein Gehöft bei Gefle. Ich bin einzeln. Meine zwei Jüngern, der Axel und der Erich —" er zerdrückte eine Träne. „Für König und Vaterland!" sagte er. „Der überbliebene Älteste lebt mir in Falun, ein Diener am Wort mit einer fetten Pfründe. Da hast du dann die Wahl zwischen uns beiden." Page

Leubelfing gelobte seinem Paten, was er sich selbst schon gelobt hatte, und erzählte ihm darauf sein vollständiges Abenteuer mit jenem Wahrheitsbedürfnis, das sich nach lange getragener Larve so gebieterisch meldet, wie Hunger und Durst nach langem Fasten.

Der Alte dachte sich seine Sache und erlustigte sich dann besonders an dem Vetter Leubelfing, dessen Konterfei er sich von dem Pagen entwerfen ließ. „Der Flachskopf", philosophierte er, „kann nichts dafür, eine Memme zu sein. Es liegt in den Säften. Auch mein Sohn, der Pfarrer in Falun, ist ein Hase. Er hat es von der Mutter."

Von Sommerende bis nach beendigter Lese und bis an einem frostigen Morgen die ersten dünnen Flocken über der Heerstraße wirbelten, ritt Page Leubelfing in Züchten neben seinem Paten, dem Obersten Ake Tott, in die Kreuz und Quer, wie es die Wechselfälle eines Feldzuges mit sich bringen. Dem Hauptquartier und dem Könige begegnete er nicht, da der Oberst meist die Vor- oder Nachhut führte. Aber Gustav Adolf füllte die Augen seines Geistes, wenn auch in verklärter und unnahbarer Gestalt, jetzt da er aufgehört hatte, ihm durch die Locken zu fahren und der Page den Gebieter nachts nicht mehr an seiner Seite, nur durch eine dünne Wand getrennt, sich umwenden und sich räuspern hörte. Da geschah es zufällig, daß Leubelfing seinen König wieder mit Augen sah. Es war auf dem Marktplatze von Naumburg, wo sich der Page eines Einkaufs halber verspätet hatte und eben seinem Obersten nachsprengen wollte, welcher, dieses Mal die Vorhut befehligend, die Stadt schon verlassen hatte. Von einer immer dichter werdenden

Menge mit seinem Roß gegen die Häuser zurückgedrängt, sah er auf dem engen Platze ein Schauspiel, wie ein ähnliches nur erst einmal menschlichen Augen sich gezeigt hatte, da vor vielen hundert Jahren der Friedestifter auf einer Eselin Einzug hielt in Jerusalem. Freilich saß Gustav auf seinem stattlichen Streithengst, von geharnischten Hauptleuten auf mutigen Tieren umringt; aber Hunderte von leidenschaftlichen Gestalten, Weiber, die mit beiden gehobenen Armen ihre Kinder über die jubelnden Häupter emporhielten, Männer, welche die Hände streckten, um die Rechte Gustavs zu ergreifen und zu drücken, Mägde, die nur seine Steigbügel küßten, geringe Leute, die sich vor ihm auf die Knie warfen, ohne Furcht vor dem Hufschlag seines Tieres, das übrigens sanft und ruhig schritt, ein Volk in kühnen und von einem Sturm der Liebe und der Begeisterung ergriffenen Gruppen umwogte den nordischen König, der ihm seine geistigen Güter gerettet hatte. Dieser, sichtlich gerührt, neigte sich von seinem Rosse herab zu dem greisen Ortsgeistlichen, der ihm dicht vor den Augen Leubelfings die Hand küßte, ohne daß er es verwehren konnte, und sprach überlaut: „Die Leute ehren mich wie einen Gott! Das ist zuviel und gemahnt mich an mein Ende. Prediger, ich reite mit der heidnischen Göttin Viktoria und mit dem christlichen Todesengel!"

Dem Pagen quollen die Tränen. Als er aber gegenüber an einem Fenster die Königin erblickte und ihr der König einen zärtlichen Abschied zuwinkte, schwoll ihm der Busen von einer brennenden Eifersucht.

Kaum eine Woche später, als die schwedischen Scharen auf dem blachen Felde von Lützen sich zusammenzogen, marschierte Ake Tott seitwärts unweit des Wagens, darin der König fuhr. Da erblickte Leubelfing einen Raubvogel, der unter zerrissenen Wolken schwebend auf das hartnäckigste sich über der königlichen Gruppe hielt und durch die Schüsse des Gefolges sich nicht erschrecken und nicht vertreiben ließ. Er gedachte des Lauenburgers, ob seine Rache über Gustav Adolf schwebe. Das arme Herz des Pagen ängstigte sich über alles Maß. Wie es frühe dunkelte, wuchs seine Angst, und da es finster geworden war, gab er, sein Ehrenwort brechend, dem Rosse die Sporen und verschwand aus den Augen des ihm „Treubrüchiger Bube!" nachrufenden Obersten.

In unaufhaltsamem Ritte erreichte er den Wagen des Königs und mischte sich unter das Gefolge, das am Vorabende der erwarteten großen Schlacht ihn nicht zu bemerken oder sich nicht um ihn zu kümmern schien. Der König gedachte dann die Nacht in seinem Wagen zuzubringen, wurde aber durch die Kälte genötigt, auszusteigen und in einem bescheidenen Bauernhause ein Unterkommen zu suchen. Mit Tagesanbruch drängten sich in der niedrigen Stube, wo der König schon über seinen Karten saß, die Ordonnanzen. Die Aufstellung der Schweden war beendigt. Es begann die der deutschen Regimenter. Page Leubelfing hatte sich, von dem Kammerdiener des Königs, der ihm wohlwollte, erkannt und nicht zur Rede gestellt, den in seinem Gestick das schwedische Wappen tragenden Schemel wiedererobert, auf welchem er sonst neben dem Könige gesessen, und sich in einer Ecke niedergelassen, wo er hinter den wechselnden kriegerischen Gestalten verborgen blieb.

Der König hatte jetzt seine letzten Befehle gegeben

und war in der wunderbarsten Stimmung. Er erhob sich langsam und wendete sich gegen die Anwesenden, lauter Deutsche, unter ihnen mehr als einer von denjenigen, welche er im Lager bei Nüremberg mit so harten Worten gezüchtigt hatte. Ob ihn schon die Wahrheit und die Barmherzigkeit jenes Reiches berührte, dem er sich nahe glaubte? Er winkte mit der Hand und sprach leise, fast wie träumend, mehr mit den geisterhaften Augen als mit dem kaum bewegten Munde:

„Herren und Freunde, heute kommt wohl mein Stündlein. So möcht' ich Euch mein Testament hinterlassen. Nicht für den Krieg sorgend – da mögen die Lebenden zusehen. Sondern – neben meiner Seligkeit – für mein Gedächtnis unter Euch! – Ich bin über Meer gekommen mit allerhand Gedanken, aber alle überwog, ungeheuchelt, die Sorge um das reine Wort. Nach der Viktorie von Breitenfeld konnte ich dem Kaiser einen läßlichen Frieden vorschreiben und nach gesichertem Evangelium mit meiner Beute mich wie ein Raubtier zwischen meine schwedischen Klippen zurückziehen. Aber ich bedachte die deutschen Dinge. Nicht ohne ein Gelüst nach Eurer Krone, Herren! Doch, ungeheuchelt, meinen Ehrgeiz überwog die Sorge um das Reich! Dem Habsburger darf es unmöglich länger gehören, denn es ist ein evangelisches Reich. Doch ihr denket und sprechet: ein fremder König herrsche nicht über uns! Und ihr habet recht. Denn es steht geschrieben: der Fremdling soll das Reich nicht ererben. Ich aber dachte letztlich an die Hand meines Kindes und an einen Dreizehnjährigen ..." Sein leises Reden wurde überwältigt von dem stürmischen Gesange eines thüringischen Reiterregimentes, das, vor dem Quartier des Königs vorbeiziehend, mit Begeisterung die Worte betonte:

„Er wird durch einen Gideon,
Den er wohl weiß, dir helfen schon ..."

Der König lauschte, und ohne seine Rede zu beendigen, sagte er: „Es ist genug, alles ist in Ordnung," und entließ die Herren. Dann sank er auf das Knie und betete.

Da sah der Page Leubelfing mit einem rasenden Herzklopfen, wie der Lauenburger eintrat. Als ein gemeiner Reiter gekleidet, näherte er sich in kriechender und zerknirschter Haltung und reckte die Hände flehend gegen den König aus, der sich langsam erhob. Jetzt warf er sich vor ihm nieder, umfing seine Knie, schluchzte und schrie ihn an mit den beweglichen Worten des verlorenen Sohnes: „Vater, ich habe gesündigt in den Himmel und vor dir!" und wiederum: „Ich habe gesündigt in den Himmel und vor dir, ich bin hinfort nicht mehr wert, daß ich dein Sohn heiße!" und er neigte das reuige Haupt. Der König aber hob ihn vom Boden und schloß ihn in seine Arme.

Vor den entsetzten Augen des Pagen schwammen die sich umschlungen Haltenden wie in einem Nebel. War das, konnte das die Wahrheit sein? Hatte die Heiligkeit des Königs an einem Verworfenen ein Wunder gewirkt? Oder war es eine satanische Larve? Mißbrauchte der ruchloseste der Heuchler die Worte des reinsten Mundes? So zweifelte sie mit irren Sinnen und hämmernden Schläfen. Der Augenblick verrann. Die Pferde wurden gemeldet, und der König rief nach seinem Lederwams. Der Kammerdiener erschien, in der Linken den verlangten Gegenstand, in der Rechten aber einen an der Halsöffnung gefaßten blanken Harnisch haltend. Da entriß ihm der Page den kugelfesten Panzer und machte Miene, dem König behilflich zu sein, denselben anzulegen. Dieser aber, ohne über die Gegenwart des Pagen erstaunt zu sein, weigerte sich mit einem unbeschreiblich freundlichen Blick und fuhr Leubelfing durch das krause Stirnhaar, wie er zu tun pflegte. „Gust," sagte er, „das geht nicht. Er drückt. Gib das Wams."

Kurz nachher sprengte der König davon, links und rechts hinter sich den Lauenburger und seinen Pagen Leubelfing.

V.

In der Pfarre des hinter der schwedischen Schlachtlinie liegenden Dorfes Meuchen saß gegen Mitternacht der verwitwete Magister Todänus hinter seiner Foliobibel und las seiner Haushälterin, Frau Ida, einer zarten und ebenfalls verwitweten Person, die Bußpsalmen Davids vor. Der Magister – übrigens ein wehrhafter Mann mit einem derben, grauen Knebelbarte, der ein paar Jugendjahre unter den Waffen verlebt hatte – betete dann inbrünstig mit Frau Ida für die Erhaltung des protestantischen Helden, der eben jetzt in kleiner Entfernung das Schlachtfeld, er wußte nicht, ob behauptet oder verloren hatte. Da pochte es heftig an das Hoftor, und die geistergläubige Frau Ida erriet, daß sich ein Sterbender melde.

Es war so. Dem öffnenden Pfarrer wankte ein junger Mensch entgegen, bleich wie der Tod, mit weit geöffneten Fieberaugen, barhaupt, an der Stirn eine klaffende Wunde. Hinter ihm hob ein anderer einen Toten vom Pferde, einen schweren Mann. In diesem erkannte der Pfarrer trotz der entstellenden Wunden den König von Schweden, welchen er in Leipzig einziehen gesehen und dessen wohlgetroffener Holzschnitt hier in seinem Zimmer hing. Tief ergriffen bedeckte er das Gesicht mit den Händen und schluchzte.

In fieberischer Geschäftigkeit und mit hastiger Zunge begehrte der verwundete Jüngling, daß sein König im Chor der anstoßenden Kirche aufgebahrt werde. Zuerst aber forderte er laues Wasser und einen Schwamm, um das Haupt voll Blut und Wunden zu reinigen. Dann legte er mit der Hilfe des Gefährten den Toten, welcher seinen Armen zu schwer war, auf ein ärmliches Ruhebett, sank daran nieder und betrachtete das wachsfarbene Antlitz liebevoll. Als er es aber mit dem Schwamm berühren wollte, wurde er ohnmächtig und glitt vorwärts auf den Leichnam. Sein Gefährte hob ihn auf, sah näher zu und bemerkte außer der Stirnwunde eine zweite, eine Brustwunde. Durch einen frischen Riß im Rocke neben einem über dem Herzen liegenden geflickten Risse sickerte Blut. Das Gewand seines Kameraden vorsichtig öffnend, traute der schwedische Kornett seinen Augen nicht. „Hol' mich! straf' mich!" stotterte er, und Frau Ida, welche die Schüssel mit dem Wasser hielt, errötete über und über.

In diesem Augenblick wurde die Tür aufgerissen, und der Oberst Ake Tott trat herein. In Proviantsachen rückwärts gesendet, war er nach verrichtetem Geschäfte dem Schlachtfelde wieder zugeeilt und hatte in der Dorfgasse, vor dem Kruge, ein Glas Branntwein stürzend, die Mär vernommen, von einem im

Sattel wankenden Reiter, der einen Toten vor sich auf dem Pferde gehalten.

„Ist es wahr, ist es möglich?" schrie er und stürzte auf seinen König zu, dessen Hand er ergriff und mit Tränen benetzte. Nach einer Weile sich umwendend, erblickte er den Jüngling, welcher in einem Lehnsessel ausgestreckt lag, seiner Sinne unmächtig. „Alle Teufel," rief er zornig, „so hat sich die Gustel doch wieder an den König gehängt!"

„Ich fand den jungen Herrn, meinen Kameraden," bemerkte der Kornett vorsichtig, „wie er, den toten König vor sich auf dem Pferde haltend, über das Schlachtfeld sprengte. Er hat sich für die Majestät geopfert!"

„Nein, für mich!" unterbrach ihn ein langer Mensch mit einem Altweibergesicht. Es war der Kaufherr Laubfinger. Um eine beträchtliche, durch den Krieg gefährdete Schuld einzutreiben, hatte er sich aus dem sichern Leipzig herausgewagt und unwissend dem Schlachtfelde genähert. In die von Gepäckwagen gestaute Dorfgasse geraten, war er dann dem Obersten nachgegangen, ihn um eine salva guardia zu ersuchen. In einem überströmenden Gefühle von Dankbarkeit und von Erleichterung erzählte er jetzt den Anwesenden umständlich die Geschichte seiner Familie. „Gustel, Gustel," weinte er, „kennst du noch dein leibliches Vetterchen? Wie kann ich dir's bezahlen, was du für mich getan hast?"

„Damit, Herr, daß Ihr das Maul haltet!" fuhr ihn der Oberst an.

Der Pfarrer aber trat in das Mittel und sprach mit ruhigem Ernst: „Herrschaften, Ihr kennt diese Welt. Sie ist voller Lästerung." Frau Ida seufzte.

„Und da am meisten, wo ein großer und reiner Mensch eine große und reine Sache vertritt. Würde der leiseste Argwohn dieses Andenken trüben" – er zeigte auf den stillen König – „welches Fabelgeschöpf würde nicht die papistische Verleumdung aus dieser armen Mücke machen," und er deutete auf den ohnmächtigen Pagen, „die sich die Flügel an der Sonne des Ruhmes verbrannt hat! Ich bin wie von meinem Dasein überzeugt, daß der selige König von diesem Mädchen nichts wußte."

„Einverstanden, geistlicher Herr," schwur der Oberst, „auch ich bin davon, wie von meiner Seligkeit nicht durch die Werke, sondern durch den Glauben überzeugt."

„Sicherlich," bestätigte Laubfinger. „Sonst hätte der König sie heimgeschickt und auf mich gefahndet."

„Hol' mich, straf' mich!" beteuerte der Kornett und Frau Ida seufzte.

„Ich bin ein Diener am Wort, Ihr traget graues Haar, Herr Oberst, Ihr, Kornett, seid ein Edelmann, es liegt in Eurem Nutzen und Vorteil, Herr Laubfinger, für Frau Ida bürge ich: wir schweigen."

Jetzt öffnete der Page die sterbenden Augen. Sie irrten angstvoll umher und blieben auf Ake Tott haften: „Pate, ich habe dir nicht gehorsamt, ich konnte nicht – ich bin eine große Sünderin."

„Ein großer Sünder," unterbrach sie der Pfarrer streng. „Ihr redet irre! Ihr seid der Page August Leubelfing, ehelicher Sohn des nürembergischen Patriziers und Handelsherrn Arbogast Leubelfing, geboren den und den, Todes verblichen den siebenten November eintausendsechshundertzweiunddreißig an seinen Tages vorher in der Schlacht bei Lützen empfangenen Wunden, pugnans cum rege Gustavo Adolpho."

„Fortiter pugnans!" ergänzte der Kornett begeistert.

„So will ich auf Euren Grabstein setzen! Jetzt aber machet Euern Frieden mit Gott! Euer Stündlein ist gekommen." Der Magister sagte das nicht ohne Härte, denn er konnte seinen Unmut gegen das abenteuerliche Kind, das den Ruf seines Helden gefährdet hatte, nicht verwinden, ob es schon in den letzten Zügen lag.

„Ich kann jetzt noch nicht sterben, ich habe noch viel zu reden!" röchelte der Page. „Der König ... im Nebel ... die Kugel des Lauenburgers –" der Tod schloß ihr den Mund, aber er konnte sie nicht hindern, mit einer letzten Anstrengung der brechenden Augen das Antlitz des Königs zu suchen.

Jeder der Anwesenden zog seinen Schluß und ergänzte den Satz nach seiner Weise. Der geistesgegenwärtige Pfarrer aber, dessen Patriotismus es beleidigte, den Retter Deutschlands und der protestantischen Sache – für ihn ein und dasselbe – von einem deutschen Fürsten sich gemeuchelt zu denken, ermahnte sie alle eindringlich, dieses Bruchstück einer durch den Tod zertrümmerten Rede mit dem Pagen zu begraben.

Jetzt, da August Leubelfing sein Schicksal vollendet hatte und leblos neben seinem Könige lag, schluchzte der Vetter: „Nun die Base verewigt und der Erbgang eröffnet ist, nehme ich doch meinen Namen wieder an mich?" und er warf einen fragenden Blick auf die Umstehenden. Der Magister Todänus betrachtete eben das unschuldige Gesicht der tapfern Nürembergerin, das einen glücklichen Ausdruck hatte. Der strenge Mann konnte sich einer Rührung nicht erwehren. Jetzt entschied er: „Nein, Herr! Ihr bleibt ein Laubfinger. Euer Name wird die Ehre haben, auf dem Grabhügel eines hochgesinnten Mädchens zu stehen, das einen herrlichen Helden bis in den Tod geliebt hat. Ihr aber habt Euer höchstes Gut gerettet, das liebe Leben. Damit begnüget Euch."

Die Kirche wurde gegen den Andrang der zuströmenden Menge gesperrt und verriegelt; denn das Gerücht hatte sich rasch verbreitet, hier liege der König. Die Toten wurden dann gewaschen und im Chore aufgebahrt. Über alledem war es helle geworden. Als die Kirchtore den mit ungeduldigen Gebärden, aber ehrfürchtigen Mienen Eindringenden sich öffneten, lagen die beiden vor dem Altare gebettet auf zwei Schragen, der König höher, der Page niedriger, und in umgekehrter Richtung, so daß sein Haupt zu den Füßen des Königs ruhte. Ein Strahl der Morgensonne – dem gestrigen Nebeltage war ein blauer, wolkenloser gefolgt – glitt durch das niedrige Kirchenfenster, verklärte das Heldenantlitz und sparte noch ein Schimmerchen für den Lockenkopf des Pagen Leubelfing.

Conrad Ferdinand Meyer

in Reclams Universal-Bibliothek

Das Amulett. Novelle
Nr. 6943

Angela Borgia. Novelle
Nr. 6946/47

Gedichte. (Auswahl.)
Nr. 6941

Gustav Adolfs Page. Novelle
Nr. 6945

Der Heilige. Novelle
Nr. 6948/49

Die Hochzeit des Mönchs. — Plautus im Nonnenkloster. Novellen
Nr. 6950/51

Huttens letzte Tage. Dichtung
Nr. 6942

Jürg Jenatsch. Roman
Nr. 6964–66

Das Leiden eines Knaben. Novelle
Nr. 6953

Die Richterin. Novelle
Nr. 6952

Der Schuß von der Kanzel. Novelle
Nr. 6944

Die Versuchung des Pescara. Novelle
Nr. 6954/55

GOTTFRIED KELLER

in Reclams Universal-Bibliothek

Der grüne Heinrich. Roman. Nr. 6161–65, 6166–70

Die Leute von Seldwyla:

- Pankraz der Schmoller. Nr. 6171
- Romeo und Julia auf dem Dorfe. Nr. 6172
- Die drei gerechten Kammacher. — Frau Regel Amrain und ihr Jüngster. — Kleider machen Leute. Nr. 6173 und 6174
- Spiegel das Kätzchen. — Der Schmied seines Glückes. Nr. 6175
- Die mißbrauchten Liebesbriefe. Nr. 6176
- Dietegen. Nr. 6177
- Das verlorene Lachen. Nr. 6178/79

Züricher Novellen:

- Der Narr auf Manegg. — Hadlaub. Nr. 6180/81
- Der Landvogt von Greifensee. Nr. 6182/83
- Das Fähnlein der sieben Aufrechten. Nr. 6184
- Ursula. Nr. 6185

Sieben Legenden. Mit den Quellen-Legenden Kosegartens. Nr. 6186/87

Der Wahltag. — Verschiedene Freiheitskämpfer. Erzählungen. Nr. 6188

Martin Salander. Roman. Nr. 6189–92

Das Sinngedicht. Novellen. Nr. 6193–96

Gedichte. (Auswahl.) Nr. 6197/98

Der Apotheker von Chamounix. Ein Buch Romanzen. Nr. 6199

Gottfried Keller. Von Prof. Dr. Carl Enders. Mit einem Bildnis Kellers. (Dichter-Biographien 22. Band.) Nr. 6219/20

www.ingramcontent.com/pod-product-compliance
Lightning Source LLC
Chambersburg PA
CBHW060800310726
48980CB00002B/175

* 9 7 8 3 8 4 6 0 7 8 9 1 4 *